KB122749

푸른 멍텅구리배

※**망상** : 정신 병리학적인 용어이다. 망상은 사고 내용의 장애로 사실과 다른 잘못된 믿음을 말한다. 망상의 종류로는 편집 또는 피해망상, 과대망상, 우울망상, 색정망상, 신체망상, 피조종망상, 사고방송, 사고침입, 관계망상 등이 있다. 망상을 메타포로 해석하는 것을 경계한다. 이 소설에서 망상은 필자의 저서이고 대학교재이기도 한 정신보건론을 텍스트로 하였다.

※**현상** : 지각되거나 관찰되는 어떤 대상, 사실, 사건 등을 가리키는 철학적 용어이고 대개 감각의 대상을 말하며 지성으로 알 수 있는 것과는 대조를 이루는 것이다. 헤겔의 정신현상학과 칸트철학을 텍스트로 했다.

푸른 멍텅구리배

윤규열 장편소설

개미

과학문명은 비약적으로 발전하여 인간들의 신체적인 병은 어느 정도 극복했지만 마음에 병은 더욱 심오해져 치료가 어려워지고 있다. 이번 소설에서는 미력하나마 현대인들의 정신적 부조리인 정신병과 신경증을 거론하며 소설로 썼다. 정신적인 문제는 필자가 이십여 년 동안 임상을 실천한 것이기도 하다.

프로이드는 18세기에 인구의 1/4이 정신질환의 일종인 신경증환자(누로시스)라 하였다. 이 기준으로 본다면 급변하는 21세기에는 더 많은 사람들이 신경증환자일 가능성이 크다. 따라서 두 명 중 혹은 세 명 중 한 사람이 누로시스로 보편화되어 있는 질병이다.

이 소설에서 독자들이 정신병을 쉽게 접근할 수 있도록 야곱 반 오이스트 보렌의 광인들의 배인 푸른 거룻배를 푸른 멍텅구리배로 등장시켰다. 14~15세기 푸른 거룻배에는 광인들을 태웠고 그들은 배에서 내리지 못하고 라인란트의 잔잔한 강과 플랑드 지방의 수로를 떠다녔다. 그렇게 정신질환자는 사회로부터 철저히 격리되었다.

이번 소설에서 조현병 환자인 동수는 마치 당시의 푸른 거룻배의 승객처럼 사람들과 섞이지 못하고 도시의 주변을 떠돌며 혼자 망상하고 헛것을 보고 실재처럼 이해한다. 헛것은 정신병적 용어로 환시며 주변에서 헛소리를 듣는데 이것은 환청이다. 작품에서 환시는 일본인과 더 크게는 대나무밭 깊숙이 있는 치심암 그리고 강물에 떠있는 푸른 멍텅구리배와 돌고래 제돌이다. 이것은 주변과 어울리지 못하고 철저히 고립되어 있는 동수를 표현하고자 한 장치들이다. 환청은 일본인들과의 대화이며 여러 나라 사람들과의 대화와 비논리적인 대화이다. 치심암과 어릿광대들은 환시와 환청이다. 파월참전탑의 주인과 앞집 여자 그리고 주변에서 일어나고 있는 일들과 과거의 일들은 모두 실재이고 현상이다. 꿈속에 자주 보이는 푸른 반딧불은 푸른 상자 같은 아파트에서 고립되어 있는 자신의 고립을 표현하였다. 어둠 속에서 작은 불씨로 살아있음을 주변에 알리는 개똥벌레처럼 자신을 드러내려는 무의식이다. 헌혈의 집에서 헌혈하는 동수의 모습은 고립시키고 있는 인자들을 제거함으로써 고립에서 탈출하려는 의도에서 나온 불합리적 행동이다.

　에피소드로 등장하는 회사의 도산 후 친구가 아내를 따라갔던 기도원에서의 이야기는 프로이드가 일찍이 말한 집단무의식이다.

　정신병적 증상의 하나인 망상과 정신현상을 어떻게 볼 것인가에 대하여 깊이 성찰하였다. 정신현상의 해답은 헤겔의 정신현상학에서 찾았고 망상은 라캉의 현대의학과 프로이드의 심리학 그리고 카를 융의 분석심리학에서 찾았다.

　이 소설에서는 정신병적 증세의 하나인 망상과 환청 환시 그리고 의식과 무의식을 많이 인용하였다. 그것은 일반인들과 정신질환자들이 흔하게 겪는 증상들이다.

　정신병이라고 말하는 것은 정신분열(조현병)의 현상과 신경증을(누로시스) 말한다. 하지만 현대에 살고 있는 사람들은 정신병적 사고와 누로시스가 보편화되어 있다. 모든 정신병적 사고를 갖은 사람을 정신병자로 진단하고 정신장애라고 일반화하는 것은 온당치 않은 일이다.

　프로이드도 당시에 정신병의 정의를 서로 소통이 되지 않는 상황이라고 좁은 의미로 단정했다. 14~15세기 푸른 취선이나 푸른 거룻배에 승선한 고립되어 있는 광인들을 현대에서는 어떻게 이해할 것인가? 당시의 화가들과 문학가들은 바보배라는 이름으로 그림을 그렸고 푸른 거룻배라는 이름으로 소설을 썼다. 나는 그때와 상황은 다르지만 별반 차이가 없는 사회적인 대우를 표현하고 싶어 이 소설을 푸른 멍텅구리배로 발표하는 것이다.

다시 한 번 말한다. 정신병은 단지 소통이 되지 않는 상황이라고 따라서 정신질환으로 진단이 내려졌어도 소통이 되고 있는 상황은 정신병이라고 치부해서는 안 된다.

한 사람을 고립시키고 개인의 자유를 구속하는 사회가 되어서는 안 될 것이다. 아무리 DSM5로 심리검사를 해서 조현병(정신분열병)으로 판명이 되었다고 해도 그것을 모든 인간에게 일반화하는 것은 무리가 따른다고 할 것이다.

이 소설을 집필하면서 사회 곳곳에 내재되어 있는 현대인들의 정신적 부조리에 대하여 생각하면서 정신증의 하나인 망상과 현대를 살아가고 있는 모든 사람들의 정신현상을 골똘하게 연결하고자 하였다.

결론은 현대인들의 정신문제는 부조리와 조리가 사회에 깊숙이 혼재되어 있다는 것이 필자의 생각이고 그것들과 서로 부대끼며 살아가는 것이 현대인들의 삶이라 생각하였다.

2020년 6월 미원토굴에서
윤규열

군산내항. 큰 배가 정박했던 부두는 이미 항구의 기능을 상실해 전마선과 소형 선박들이 물때를 기다리며 갯벌에 박혀 있다.

하구의 먼 바다는 끓고 있으나 슬프도록 푸른 멍텅구리배는 그 안에 갇혀 꼼짝도 하지 않고 밀물과 썰물의 물때만 우두커니 바라보고 있다.

숙명적으로 혼자서 움직이지 못하는 배. 우리는 그 배를 멍텅구리배라고 하였다.

멍텅구리배는 고깃길 한가운데에 자리 잡고 무작정 오가는 물고기가 그물에 걸리기를 기다린다. 그물에 물고기가 걸려들면 육지에서 찾아오는 전마선에 걸린 물고기를 내려놓는 허기진 배다.

채우고 또 채워도 혼자서는 육지에 닿지 못하는 슬프도록 푸른 멍텅구리배.

차례

푸른
멍텅구리배

1

미세먼지가 희뿌옇게 장막을 드리우고 있다. 하늘 정점에는 이미 퇴색해 버린 태양이 희미하게나마 보여 빛을 잃지 않으려고 안간힘을 쓰고 있는 것이 역력하다.

주황색으로 물든 태양빛을 한차례 바라보며 눈을 찡그리고 다시 실내에 앉아 생각들 속에 몰두한다.

귀에서 들리는 형상도 없는 누군가와 이야기하다가 공원 쪽으로 눈을 돌린다. 아파트에서 꽤 먼 곳의 공원은 이미 미세먼지가 나무들 사이에 틀어박혀 희뿌옇게 야산의 흔적만 보일 뿐이다.

아파트 주변에는 사람들의 그림자도 보이지 않는다. 이따

금씩 드물게 걸어가는 사람들은 하나같이 어깨를 늘어뜨리고 우울한 표정으로 한길을 걸어가고 있고 늘 아파트 주위를 맴돌던 비둘기들도 미세먼지가 좋지 않다는 것을 아는지 한 마리도 보이지 않는다.

멍청히 주변을 바라보던 동수는 방안의 창문이 조금이라도 열려있는지를 각 방마다 점검하여 본다.

안방이라고 아내가 꾸며 놓았지만 그 방에는 들어가 보지 않은 것이 꽤 오래되었고 그 방은 아내 혼자서 기거하는 방이 되어버렸다.

안방을 건너면 조그맣게 아들의 방도 있었지만 그 방에 들어간 기억은 이미 머릿속에 자리하지 않았다.

방을 다 점검하고 나서 다시 거실의 소파에 앉아 TV를 켠다. 갑자기 왁자지껄한 소리가 들리고 그 소리 속에 생각을 집어넣고 같이 말을 붙여본다.

어쩌면 그렇게 생각하고 있는 말들을 곧잘 하는지 TV에 출연한 말을 잘 듣는 사람들이 기막히다 생각한다.

요리 프로그램을 하는 중에 프로그램에서 등장하는 요리의 재료들로 프로그램 시작 전에 직접 만들어 보고 맛을 음미해 본다. 사람들이 보면 이건 가상일 뿐이지만 동수는 그것을 사실로 인식한다.

요리 프로그램 강사는 어쩌면 그렇게 생각을 잘 알고 있는지 이미 맛까지 음미해 보았던 그 요리 프로그램을 다시 시작한다.

"그래 그것보다는 양파를 더 넣어야지."

그렇게 말을 하면 요리 프로그램 강사는 말을 곧잘 알아듣고 양파를 찾아 더 썰어 넣는다.

요리 프로그램 강사는 지도해 주는 사람들에게 다시 말한다.

"여러분들 양념을 미리 넣으면 양념의 기본 맛을 모두 흡수해 버려 이렇게 맛이 달라져요. 이렇게 해보세요."

요리 강사는 다시 끓는 물에 만들고자 하는 요리를 다시 시작한다. 동수는 요리 강사의 행동을 미리 안다고 생각하며 이것저것 넣을 것을 생각하고 조그맣게 요리 강사처럼 말을 한다.

이번에도 요리 강사는 동수가 시키는 대로 요리를 시작한다. 맘에 드는 강사라 생각하고 다시 채널을 이리저리 돌려보며 흥미를 느껴볼 것을 찾아본다.

영화 채널에 고정시켜 주인공을 중심으로 등장하는 배우들과 대화를 시작한다. 대화를 하면서 그들이 등장하는 인물들에게 감독처럼 하나하나 지시한다. 그러면 배우들은 하라는 대로 잘도 따라 한다.

언어가 통하지 않았으나 배우들은 어쩌면 그렇게 잘 알아서 따라 하는지 영화를 볼 때마다 만족한다.

한번은 중국영화를 바라보고 있을 때 검무를 하는 배우에게 검무를 바라보고 있는 왕을 찔러 보라고 명령을 내리자 그 배우 역시 검무를 하다가 주저하지 않고 왕을 찔러 살해하였다. 그 후 검무를 하던 배우는 이유도 모른 체 끔찍하게 처형을 당하고 만다. 배우는 죽으면서 자기가 한 일이 아니라고 항변했지만 소용없는 일이었다.

그 일이 있고부터는 괜한 짓을 했다고 후회하여 배우들이 그런 충동을 느낄까봐 칼 쓰는 영화는 되도록 관람하지 않았다.

또 지난번에 서양영화를 관람한 적이 있는데 그 영화에선 갑자기 충동을 일으켜 스턴트맨을 죽이는 결과를 초래하였다. 자동차 경주를 하던 영화였는데 주인공의 곡예 운전을 스턴트맨에게 시켰다. 비탈길을 내려오는 자동차가 어떻게 되는지 알고 싶어 절벽으로 차를 굴리라고 말하여 결국은 그 스턴트맨은 차와 같이 절벽으로 떨어져 사망에 이르도록 하였다.

차량에서 탈출하라고 명령만 내렸어도 그 스턴트맨은 죽지 않았을 거라 생각을 하고 TV를 끈 다음 하루 종일 시내를 방황했다. 그러다가 나중에 나름대로 위안을 삼았던 것은 그 스턴트맨의 운명이 그랬다는 것으로 자기합리화를 하였다. 그렇게 위안을 삼고서야 겨우 집으로 돌아올 수 있었다.

잘못을 뉘우치며 사람을 죽였다고 아내에게 말하여도 아내
는 끝내 믿어주지 않았다. 하나뿐인 아들은 아내 옆에서 이상
한 눈으로 바라보았다. 그때 아내는 측은하다는 표정으로 제
발 이제 긴 잠에서 깨라는 말을 했다. 가까이서 같이 생활하
는 아내와 아들마저 믿어주지 않는다고 생각하니 살맛이 없
어져 버렸다. 식은땀을 흘리며 아내를 바라보았지만 그때까
지 아내는 그 표정 그대로였다.

죽어야겠다고 죽음으로 믿어보게 하려고 아파트 아래를 내
려다보다가 현기증으로 이내 거실 바닥에 주저앉아 버렸다.
그 일이 있은 후로 아내와 아들은 어떤 말을 해도 믿어주지
않았다.

지금 보고 있는 영화는 멜로 영화다. 이번 멜로 영화에서는
감독 겸 주인공으로 참여하고 있다. 영화에서 가장 예쁜 배우
를 파트너로 만들고 그녀를 마치 하인 부리듯 해본다.

여주인공은 늘 자기를 그리워하게 만들고 사랑하게 만들고
키스하게 만들고 또 필요에 따라 옷을 다 벗으라고 말하여 여
주인공 신체를 구석구석 살핀다. 그럴 때는 황홀하여 눈을 감
고 앞에 있는 여주인공을 생각한다.

사람들은 이런 신통력을 가진 것을 모를 것이다. 때론 관심
법을 보여준다. 어떤 생각을 하고 있는지 얼굴만 보아도 다

알 것 같아 한번은 길을 가는 사람이 갑자기 한길로 뛰어 건 널 것이다 라고 생각하자 그는 곧 한길로 뛰어 건넜다. 또 한 번은 곧 저 사람이 넘어질 것이다 라고 생각하자 그 사람은 십 초도 지나지 않아 돌부리에 걸려 넘어졌다. 이런 사실을 아내한테 이야기하면 아내는 또 이상한 눈으로 바라볼 것이 다.

여주인공이 눈짓으로 사랑을 표시한다. 그것은 미리 여주 인공에게 시킨 일이기는 하지만 곧 침실로 불러내 그녀를 겁 탈해 본다. 여주인공은 겁탈을 당하여도 즐거운지 비명을 지 른다. 그렇게 즐기다 다음을 기약하고 TV를 끈다.

시간이 되었음을 감지하고 관심법이 통하지 않는 앞집을 관찰해 본다. 앞집 여자는 거리가 있어서인지 아님 덩치 큰 건물 때문인지 관심법이 통하지 않았다. 그것이 불만이었지 만 할 수 없는 일이라고 치부해 버리고 미세먼지와 같은 실크 커튼이 걷히기만 기다린다.

이윽고 실크 스크린이 걷히고 여자가 베란다로 나와 미세 먼지도 상관없다는 듯 두 팔을 올리고 큰 기지개를 켠다. 일 을 시작하게 전에 하는 행동이다.

늘 관심법과 여러 법칙들을 동원해도 통하지 않는 앞집 여 자의 행동을 블라인드 살 한 개를 슬쩍 올려 감상한다. 늘 그 렇지만 오늘도 그림자처럼 여자의 형체만 보일 뿐 자세히 보

푸른 멍텅구리배

이지 않는다.

눈을 몇 번 눌러보다가 고물상집 창가에 있는 카키색 망원경이 생각나 외출을 준비한다.

'누가 가져가지 않았어야 하는데' 라고 중얼거리며 빠른 걸음으로 고물상을 찾아가 늘 보아왔던 고물상의 집기 속에 끼어있는 카키색 망원경을 바라본다.

저것을 어떻게 해서든 집으로 가져가야 한다고 생각하며 용기를 내 고물상으로 들어간다.

고물상 여주인은 동수를 위아래로 훑어보다 하던 일인 고물들을 정리한다. 아무리 보아도 값나갈 것 같지 않은 물건들을 소중히 다루는 것을 보면 분명 고물의 값어치를 말하는 듯 보여 망설인 끝에 여주인에게 수인사로 아는 체해 본다.

"왔소?"

고물상 여주인은 그 말을 하고 다시 하고 있는 일을 계속하고 있다. 여주인의 행동에 불쾌감이 있었지만 여러 고물들 틈에 낀 망원경을 얻어볼 요량으로 아무렇지 않은 듯 말한다.

"쓸 만한 물건들이 많아요?"

"그럼 쓸 만한 물건이니 이렇게 소중히 다루고 있지 않소."

몸집이 뚱뚱한 주인 여자는 퉁명스럽게 대꾸한다.

손님이 들어왔어도 계속 자기 일을 하고 있는 주인 여자에게 관심법을 써서 유도해 보려고 여자의 엉덩이를 뚫어져라 바라본다. 여자의 큰 엉덩이를 보며 저 엉덩이 살이 왜 저렇게 많이 붙어있을까 잠시 생각하다 관심법으로 망원경을 싸게 넘길 수 있도록 유도해 본다.

이상했던지 머리를 돌려 바라본다. 이때다 싶어 딴전을 피우듯 얼른 알 수 없는 글로 채워져 있는 고서적을 구입하려고 하는 양 이리저리 뒤적여 본다.

"이 고서적은 얼마나 오래된 것이죠?"

일을 하다가 허리를 펴고 바라본다.

"조선시대라고 하던데."

잘 모르는 눈치다.

"이 책의 내용을 알고 있어요?"

"팔기는 해도 책이 한문으로 써 있어서 잘 몰라요. 왜? 사려고요?"

"정보를 제대로 알아야 사죠."

그 말을 하고 사고 싶은 고가구 틈에 끼인 망원경을 끄집어냈다.

"이 망원경은 어떻게 하나요?"

"그 망원경은 좋은 건데, 그걸 어디서 찾았소? 지난번 손님도 망원경을 찾았는데 찾을 수가 없어서 팔지 못했소."

"이걸 사야겠어요. 얼마요?"

"그냥 오천 원만 주세요."

오천 원이라는 말에 귀가 번뜩 뜨였다.

관심법으로 유도했던 것이 잘 들어맞았다고 생각하며 돈을 건넸다. 돈을 받아든 주인 여자는 소중한 물건이 아니라는 듯 검은 비닐봉지에 망원경을 넣어 주었다.

거래가 잘 되었다 생각하고 비닐봉지를 들고 한길을 건너 왔다. 집으로 향하며 별생각을 다했다. 이 망원경은 분명 카 키색이라 군대에서 사용했을 거라는 것과 군에서 작전용으로 사용되던 것을 샀으니 망원경의 배율은 확인해 보지 않아도 좋을 거라는 생각이 들자 발걸음이 가벼웠다.

승강기 안에서 관심법에 당한 주인 여자를 생각해 보았다. 분명 주인 여자는 망원경을 잘못 팔았다고 후회하며 아파트 쪽으로 달려올 수도 있다 생각한다. 돌려달라고 말하면 한번 거래된 물건은 절대 돌려줄 수 없다고 말해야겠다 다짐하고 집으로 들어왔다.

거실에서 앞집 여자를 관찰해 보았다. 앞집에서는 그때까지 만장이 바람에 펄럭이듯 운동을 계속하고 있었다.

비닐봉지에서 망원경을 꺼내 앞집을 살폈다. 망원경으로 본 앞집 여자는 미세먼지가 자욱한 공원처럼 투명해 보이지 않았다. 배율을 이리저리 맞추어 보다가 망원경을 자세히 관 찰해 보았다.

망원경의 카키색 페인트가 조금 벗겨져 처음 색깔의 일부가 드러나 있었다. 처음 색깔이 검은색인 것을 보니 교육용 망원경이었다. 교육용 망원경에 카키색을 칠하여 성능 좋은 군대에서 쓰는 작전용으로 둔갑시켜 놓은 거였다. 배율도 낮아 앞 건물도 확실하게 관찰할 수 없는 물건이었다. 앞집의 선명도는 망원경 없이 바라보는 것과 별반 다르지 않았다.

속았구나 생각하고 분하여 고물상이 있는 쪽을 한차례 바라보다 할 수 없이 배율 낮은 망원경으로라도 여자를 관찰하였다.

시간이 되었는지 운동을 멈추고 거실 깊숙이 들어가 버렸다. 몇 번 망원경을 아파트 밑으로 집어던질까 생각하다 잘 살피지 않고 구입한 자신을 책망하며 다시 비닐봉지에 넣어 신발장 속에 깊이 쑤셔 넣었다.

시내로 나가야겠다고 생각해 밖으로 나왔다. 생각대로 밖은 미세먼지로 가득해 숨 쉴 때조차 목에서 이물질이 감지되는 것 같았다.

무작정 시내를 한 바퀴 돌아야겠다고 생각하여 우선 영동 쪽으로 발길을 돌렸다. 미세먼지가 많다는 예보를 들었는지 사람들이 뜸했고 드물게 지나가는 사람들은 하나같이 얼굴까지 가리는 마스크를 하고 다녔다.

늘 찾던 헌혈의 집 앞에서 한동안 망설이다 다시 파출소 쪽으로 발길을 돌렸다. 늘어선 가게 안에서는 점원들이 밖을 바

　　　　　　　　　　　　　　푸른 멍텅구리배

라보며 들어와 달라는 듯 미소를 보냈다.

도시의 구석구석을 살피며 걸었다. 사람들이 하릴없이 거리를 걷는 사람이라 생각하지 않도록 목적지를 정해놓고 다니는 사람처럼 빠른 걸음을 하였고 되도록 두리번거리지 않았다.

늘 그랬지만 공원길로 향했다. 공원엔 사람들이 있을 거라 생각한 것이 잘못이었다. 극심한 미세먼지 때문에 공원에도 사람들이 없었다.

저녁때까지 공원을 둘러보고 내려오는 길에 왕소나무 아래 나무 벤치에 앉았다. 왕소나무 아래에선 지나가는 사람들과의 대화가 잘 이루어지는 곳이기도 하다.

저녁이 되자 사람들이 드물게 공원으로 올라가고 있었다. 지나가는 사람을 골라 대화를 시도해볼 요량으로 대화 상대자를 기다렸다. 사람들은 나이나 생김새를 알 수 없도록 저녁인데도 마스크를 하고 다녔다.

'저 사람과 대화를 해봐야지'

그렇게 작정하고 올라오는 사람을 바라보았다. 그 사람은 공원길을 오르다 멈칫하며 바라보더니 그냥 지나쳐 갔다.

오늘은 관심법이 먹히지 않는 날이라고 생각하며 혼자서 투덜거렸다. 관심법이 잘 되는 날에는 대화하고 싶은 사람을 골라 바라보고 있으면 그 사람이 먼저와 말을 걸기도 하고 문기도 하였다.

드물게 사람들이 공원으로 오르는 것을 보았지만 대화는 하지 못했다. 이 저녁에 공원으로 가는 저 사람들은 무엇 때문인가? 생각해 보았다.

대기 중에 먼지가 보이는 때에는 피하고 이렇게 보이지 않는 저녁때서야 사람들이 나타나는 이유가 보이지 않아 미세먼지가 없다고 판단하는 것이라고 생각했다.

집으로 돌아오는 내내 하루가 불편했다고 자임하며 고물상 앞까지 도달하였다.

유리창에 투영된 또 다른 망원경이 알 수 없는 물건들 틈에 끼어 있었다. 오전에 샀던 그 망원경과 같은 색깔로 오전에 있었던 그 장소에 그대로 있었다.

'내 물건을 남의 허락도 없이 또 이렇게 가져다 놓았나?'

혼잣말을 하고 그 자리에 서서 한동안 바라보다가 집으로 돌아가 확인해야겠다고 생각하며 빠른 걸음을 하였다.

집으로 돌아와 신발장부터 열었다. 신발장 구석에 아직도 검은 비닐봉지가 그대로 있었다. 비닐봉지를 꺼내 안을 확인해 보았지만 보관해 두었던 망원경은 그대로 있었다.

'생긴 것은 멍청하게 생겼는데 이런 꾀까지 써가며 사기를 쳐 두고 보자 어떻게 되는지'

혼자서 노기에 찬 목소리로 중얼거렸다.

　　　　　　　　　　푸른 멍텅구리배

2

밤이 깊어지자 텅 비어있는 사각 상자 같은 아파트에 혼자서 마치 번데기처럼 이불을 둘둘 말고 누워있다. TV에선 왁자지껄 떠들어대고 있었지만 그 소리를 자장가 삼아 눈을 감았다.

수천 마리의 반딧불이 자고 있는 방에 우박처럼 떨어져 내렸다. 허우적이며 개똥벌레를 잡으려고 손을 내밀었지만 잡히는 것은 한 마리도 없다. 반딧불은 금세 사각 상자 같은 아파트에 차곡차곡 쌓여 갔다. 곧 움직일 수 없을 정도로 많은 양의 개똥벌레가 방안에 채워졌다.

이곳을 빠져나와야 한다고 소리를 질러도 구해주는 사람이 없다. 방안을 보니 반딧불의 형광체가 빛을 발하고 있다. 그 빛은 푸른색을 띤 빛이었다. 빛 속을 빠져나오려고 허우적거릴수록 개똥벌레는 꼼짝할 수 없게 자꾸만 방안에 채워졌다. 그렇게 개똥벌레와 시름을 하느라 식은땀이 흘렸다.

눈을 떴다. 꿈이었다. 벌써 열흘째 꾸는 반딧불 꿈이었다. 셔츠를 만져보니 땀에 흠뻑 젖어 축축해져 있었다.

겨우 눈을 떠 손바닥으로 거실 바닥을 쓸어 보았다. 저녁 늦게까지 TV를 보았기 때문에 주변에 리모컨이 있어야 했지만 잡히지 않았다.

생각해 보았다. 분명 TV를 켠 채 잠이 들었는데 TV가 꺼져 있고 리모컨도 보이지 않았다.

일어나 고치의 빈 껍질처럼 둘둘 말려있는 이불을 거실 구석에 처박아 놓고 리모컨을 찾았다. 리모컨은 잠자리에서 꽤 먼 곳인 거실 가장자리에 있었다.

소파에 앉아 TV를 켰다. 어제와 똑같은 프로그램이 진행 중에 있었다. 이번 요리 프로그램은 돼지갈비 김치찜이었다.

프로그램 진행자는 갈비부터 예쁘게 다듬었다. 갈비는 얼마지 않아 먹음직스런 모습으로 돌변해 있었고 찜통에선 물이 끓고 있는지 뽀얀 김을 토해내고 있었다.

"저 사람이 저걸 어떻게 하는지 보자."

혼자 두런거리며 관찰했다.

프로그램 진행자는 다듬어져 있는 갈비를 넣고 냄비의 뚜껑을 닫았다. 곧 냄비에서 보글보글 소리를 내며 뚜껑을 들어 올리기 시작했다.

물을 적게 넣었기 때문에 물이 빨리 끓는다는 것을 다 알고 있지만 다음 순서가 문제라 생각한다.

프로그램 진행자는 다진 파와 다진 마늘 그리고 약간의 간장을 섞어 양념으로 숙성해 둔 것을 사용하려고 하였다.

그래 그렇게 해야 입맛이 도는 것이지. 소파에 앉아 다음 행동들을 관찰한다. 양념을 넣은 후 육즙이 잘 우러나야 한다며 다시 냄비의 뚜껑을 닫았다. 냄비 안에서 끓는 소리가 나고 김이 여리게 나기 시작하자 뚜껑을 열어 갈비를 뒤적인다.

냄비에 있는 물이 서서히 증발하면서 약간의 물과 갈비가 섞여 있다. 버너를 끄고 이제 다 되었다며 바라보고 있는 스텝들에게 맛을 보라고 접시에 한 조각씩 담아준다.

스텝들이 맛을 보는 동안 침샘에서 침이 흐르고 손으로 쓸어 흘린 침을 닦았다.

프로그램이 끝나자 다시 다른 프로그램이 진행될 것을 잘 알고 채널을 그대로 둔다. 다음 프로그램은 주부들이 나와 떠들어대는 소리다.

오늘의 프로그램도 역시 남편들의 문제를 다룰 것이 분명하다 생각하고 떠들어대는 소리만 지나가는 소리로 듣고 있다.

이것은 곧 현상으로 보상받기 위한 기다림의 시간이다. 요리 프로그램에서 남은 갈비를 모두 먹어서 그런지 배고픈 것을 모르겠고 오히려 든든하다. 프로그램 진행자는 늘 프로그램이 끝나면 남은 요리를 들고 와 맛을 보게 하였다.

본격적으로 시작된 주부들의 소란스러운 이야기가 마치 조잘거리는 참새들의 지저귀는 소리처럼 소란스럽다.

소란스러운 이야기들은 듣지 않아도 모두 알 것 같은 소리다. 그 말이 그 말이고 그 소리가 그 소리다.

가끔씩 소파에서 일어나 블라인더의 창살을 한 가닥 들춰 앞 동 여자가 나왔는지를 관찰한다. 하지만 아직은 시간이 되지 않았음을 알고 있어 다시 들춰놓은 블라인더를 그대로 둔다.

망원경이 생각나 신발장에서 망원경을 꺼내 휴지로 렌즈를 닦아본다. 학습용이지만 렌즈 부분은 볼록하게 구성되어 있어 잘 보일 것 같은 예감이 든다.

카키색 부분을 손톱으로 긁어 검은색이 보이도록 여기저기를 긁어놓는다. 망원경의 표피가 쉽게 얼룩져 보인다.

그렇게 하는 동안 괘종시계에서 벨이 울린다. 10시를 알리는 소리다. 늘 10시에 맞추어놓은 시계는 10시만 되면 고양이처럼 운다.

고양이 소리에 맞추어 다시 블라인더 살 하나를 더 손가락으로 펼쳐본다. 멀리서 움직이는 모습이 서서히 클로즈업되듯 나타난다.

동구 밖으로 나가던 아버지의 만장행렬, 그 행렬은 마을을 크게 돌아 향나무 재로 향했다.

그 만장의 행렬 같은 앞 동의 에어로빅이 곧 시작될 것이다. 다시 한 번 망원경의 렌즈를 점검해 본다.

다시 시작된 앞 동에서의 공연을 생각하며 망원경에 밀착하여 앞 동의 구석구석을 살핀다.

여자는 탁상용 녹음기를 거실 한가운데에 틀어놓고 에어로빅을 하고, 소리는 들리지 않지만 동작에서 경쾌한 음악이 있을 거라 상상한다.

다리에 자신이 있는지 계속해서 발을 높이 올리며 하체운동에 주력한다. 삼십 분쯤 지나자 하얀 에어로빅 옷에 땀이 배이기 시작하고 속옷의 색깔인 검은색이 차츰 선명하게 나타난다.

망원경을 눈에 더욱 밀착시켜보지만 배율장치가 고장 난 낡은 망원경은 더 이상 선명도를 발휘하지 못한다.

언제부턴가 하체운동에 집중하다 보니 눈에 피로감이 더했고 어떤 땐 현기증까지 일었다.

계속해서 관찰하다 망원경을 내려놓고 눈을 몇 번 손가락으로 눌러본다. 현기증으로 눈앞이 캄캄하다. 잠시 눈을 끔벅거려 보고는 다시 망원경을 집어 든다.

땀에 배인 모습은 어느새 관능적으로 변해있고 여자를 보고 긴장하며 숨을 몰아쉰다. 어느 순간이 되자 여자는 훌라춤을 추는 무희처럼 격렬하게 몸을 떨었다. 격렬하게 몸을 떨때가 클라이맥스라는 것을 그간 관찰에서 터득한 터였다.

그 후의 행동은 한결같았다. 베란다로 나와 문을 연 다음 손깍지를 끼고 머리 위로 올리며 숨 고르기 운동을 했다. 그때 그녀의 머리카락은 결승점을 지나친 경마의 갈기와 같이 땀에 젖어있다.

에어로빅을 끝마친 여자가 거실로 들어가 벗어놓은 옷을 주워들고 사라졌다.

그 시간부터 망원경을 내려놓고 여러 상상을 하며 변화되어 나타날 여자를 기다렸다.

매일 다른 모습의 여자를 볼 때마다 신기했다. 자신의 변화된 모습을 보라는 듯 긴 머리 모양도 수를 헤아릴 수 없을 정도로 달랐다. 뒤로 묶은 머리, 자연스럽게 풀어헤친 머리, 스카프를 이용한 여러 가지의 스타일, 여자의 생각에 빠져있을 때 여자가 움직이는 것이 어렴풋이 보였다.

망원경을 눈에 밀착하고 앞 동을 바라보았다. 여자가 마네킹을 안고 나왔다. 마네킹을 안고 처음 나왔을 땐 시체를 안고 나오는 것으로 착각하고 두려운 눈으로 관찰했었다.

마네킹의 가슴팍은 육체미를 한 남자같이 보기 좋았고, 키 역시 1미터 70정도로 적당했다.

마네킹을 베란다 쪽에 조심스럽게 세워두고 자세를 교정했다. 한 달가량 팔이 없어 부자유스런 비너스상을 나무의자 위에 올려놓고 스케치 작업을 했었지만 지난달부터는 어디서 구해왔는지 마네킹을 세워놓고 그리기 시작했다. 처음과는 달리 얼마간 스케치 작업에 주력하다 붓을 들고 그리기 시작하였다.

그림을 보려고 이젤 위에 놓인 캔버스에 관심을 집중해 보았지만 한 번도 캔버스를 돌려놓지 않았다. 그 때문에 쓸데없는 생각을 가끔씩 했다.

아파트의 안전을 위한다고 관리실에서 가스나 전화, 전기 점검을 했기 때문에 그들이라 말하고 들어가 볼까? 하는 생각도 해보았지만 실행할 용기가 없었다.

그렇게 시작된 그림 그리기는 오후 2시가 돼야 끝이 났고, 그때부터 30분가량 점심식사를 했다. 동수도 그 시간에 맞춰 점심을 먹었다.

식사가 끝나면 오후 3시까지 30분간 소파에 앉아 독서와 TV시청을 동시에 했다.

두 가지 일을 동시에 한다는 것이 맞지 않는 일이라 생각했지만 지금은 동수도 여자처럼 TV를 켜놓은 채 독서를 한다.

그렇게 하면 혼자 있다는 외로움이 없어진다는 사실을 터득했기 때문이다. TV가 혼자서 뭐라 지껄이든 상관하지 않고, 가끔씩 소란스런 웃음소리나 심각한 느낌이 들 때만 그쪽으로 눈을 돌린다.

하루에 점심 한 끼를 먹었지만 점심의 맛은 늘 모래를 씹는 듯 밥알이 입안에서 굴러다녔다.

식탁에 차려놓고 나간 아내의 얼굴을 보지 못한 지 꽤 오래되었다. 언제 보았는지 생각해 보다가 그만두었다.

아내는 늘 이렇게 식탁에 밥을 차려놓고 눈을 뜨기 전에 집을 나가 저녁이 되어서야 집으로 돌아왔다.

아내의 귀가는 늘 정해진 시간이 없이 들쑥날쑥하였다. 어제도 언제 들어왔는지 모르고 아침이 되면 어김없이 식탁 위에는 밥이 차려져 있고 아파트 안에는 아무도 없다.

TV채널을 생각 없이 이리저리 돌려보다가 소파에 누웠다. 천장에서 벽지의 모양이 이리저리 굴러다닌다.

눈을 감고 어제 꾸었던 꿈을 처음부터 생각해 본다. 그 많은 반딧불이가 어디서 생겨난 것일까? 생각하다 개똥벌레가 처음 기어 나왔던 거실 구석을 살핀다.

꿈속에서는 주먹이 들어갈 만한 구멍이 있었는데 커튼으로 가려진 구석에는 아무것도 보이지 않는다.

푸른 멍텅구리배

세밀하게 구석구석을 관찰해 보았지만 개똥벌레가 기어 나올 어떤 틈새도 발견되지 않는다.

아내가 귀한 그림이라고 들고 들어와 TV 위에 설치해 놓은 청보리밭을 유심히 살폈다.

청보리밭에는 바람이 있었다. 봄바람이 이리저리 휘돌고 있다. 익지 않은 청보리 이삭들이 이리저리 움직인다. 그 움직임에는 어떤 법칙도 존재하지 않았다.

혼자서 저 바람이 보리 이삭을 익힌다고 생각하고 손으로 그림을 쓸어본다. 손이 쓸고 지나간 자리에 다시 바람이 지나간다.

개똥벌레가 분명 보리 이삭 속에 숨어 있다가 밤이 되면 일제히 기어 나올 거라는 생각에 보리 이삭을 하나하나 들춰본다. 하지만 그 속에는 아무것도 없다.

보리 이삭을 들추며 세밀하게 관찰하고 있을 때 다시 서늘한 바람이 불어온다. 깜짝 놀라 그림을 바라보기만 한다.

왜 이런 바람이 그림 속에서 흘러나오는 것일까? 저 그림 안에 뭔가가 숨겨져 있을 거라 생각하다가 귀에서 윙윙거리는 발신음이 들리자 생각을 접었다.

오후 늦게 되어서 매일 찾아다니지만 낯선 도시의 구석을 살펴려고 외투를 꺼내 입는다.

늘 외출이 시작될 때엔 아파트를 나오기 전 영화의 스크린처럼 매일 가던 곳을 머릿속으로 훑어본다. 그럴 때면 희망 소망 그런 것이 하늘에서 쏟아져 내려오는 기분이다. 아파트를 나와 경비실을 빠져나온다.

이리저리 훑고 다니다 보니 곧 어둠이 시작되고 어둠은 자꾸만 깊어갔다. 늘 걷고 또 걸었다. 어둠 속에서 취객들의 모습도 종종 보였다. 이 도시의 어둠의 색깔은 막 어둠이 시작될 때에는 흐린 회색이었다가 차츰 검정색으로 변했다.

공원길로 접어 들 때에는 이른 새벽이 되어서다. 이른 새벽에 공원에는 아무도 없었다.

희뿌옇게 길이 보였고 하늘은 점차 퍼렇게 물들어갔다. 공원을 산책하고 나서 다시 도심으로 내려왔다. 기차도 다니지 않는 폐선로가 된 철길을 따라 예전에 역사였던 곳까지 걸었다.

역사의 정중앙을 가로질러 도로가 났고 양옆으로는 고층의 아파트가 건설되었다.

이른 새벽에 철길을 따라 더욱 후미진 곳으로 진입할 즈음 붉은 불기둥이 솟아올랐다. 마치 봉화 같은 불이었다.

사람은 없었으나 그곳으로 발걸음을 옮겼다. 멀리서 그림자 같은 사람들이 불 주위에 몰려있었다. 봉화에 가까울수록 사람들의 모습이 형상으로 보여지기 시작했다.

가까이 다가가 사람들과 함께 피워져 있는 불을 쬐었다. 모두 새벽 인력시장으로 팔려나가기를 기다리는 곳이었다.

"누구요?"

한동안 불을 쬐고 있을 때 관계자인 사람이 다가왔다.

"그냥 왔어요."

할 말이 없어 그렇게 말하고 그 자리에 서있었다.

"일하러 온 겁니까?"

그 사람은 얼굴을 빤히 바라보았다.

"아니오. 지나다가 들렀어요."

"여긴 객이 낄 자리가 아닙니다."

다른 곳으로 가라는 투였다.

속으로 일하러 왔다고 할 것을 하고 자신을 책망하고 있을 때 어디선가 쏜살같이 승합차가 달려와 멈췄다.

"어이. 사람들 다섯이 필요해요."

그 말이 떨어지자 장부를 들고 있던 책임자가 사람들을 호명하였다.

"현장이 어딥니까?"

책임자가 말했다.

"새만금으로 갑니다."

그 말을 마친 사람은 사람들을 싣고 차를 몰아 떠났다. 그 사이 더 많은 사람이 봉화 같은 모닥불 옆에서 서성거렸다.

사람들의 모습은 하나같이 말이 없었다. 눈곱도 떼지 않고 나온 사람들이 대부분이었다. 머리는 빗기는 했으나 건초더미같이 들떠 있는 상태 그대로였다.

"일할 곳이 없어 큰일이구만."

남루한 복장을 한 60대의 사람이 심란한 표정으로 불을 쪼이며 혼잣말을 했다.

"일할 곳이 없습니까?"

60대 사람 옆으로 다가갔다.

"여기 나와 있는 사람들 대부분은 다시 돌아가야 합니다."

그 사람은 대상 없는 무엇을 책망하듯 말했다.

"이렇게 이른 새벽인데도 일자리를 구하러 나온 사람이 많네요."

그렇게라도 해야 그곳에 같이 있을 것 같아 계속 말을 걸었다.

"사람은 많지만 일할 곳이 없어서 문제죠."

60대의 사람은 춥지도 않은데 모닥불 앞으로 바짝 다가갔다.

"이렇게 일찍 나오는 이유가 뭡니까?"

"선착순으로 일자리를 배정받으니 일찍 나올 수밖에요."

60대 사람은 쓸쓸한 표정으로 바라보았다.

이야기를 하는 동안 다시 승합차 한 대가 빠르게 다가와 앞에 정차하였다.

푸른 멍텅구리배

"사장님, 오늘은 일곱 명 태우세요."

"아이고 고맙습니다."

고개를 숙이고 사람들을 호명하였다.

"김씨."

그렇게 호명하자 60대 사람이 얼굴에 미소를 보이며 후다닥 승합차에 올랐다.

차가 떠나고 동이 트는지 동쪽에서부터 밝아왔다. 그때서야 그곳에 있는 사람들의 표정을 다 읽을 수가 있었다.

날이 밝을수록 그곳에 모인 사람들은 초조했다. 그 모습을 바라보다가 자리를 피해 집 쪽으로 발길을 돌렸다.

아파트 앞에 도착하여 살고 있는 곳을 바라보았다. 불은 꺼져있고 주변에 동이 터오는지 햇빛이 서서히 점령하고 있었다.

3

    도심을 하릴없이 한 바퀴 돌고 곧 공원으로 올라갔다. 세월의 때가 묻어있는 석탑을 지나 길이 없는 숲을 택하여 깊숙이 들어갔다. 대나무의 잔가지가 무성하여 앞도 보이지 않았다. 잔가지를 헤치며 무작정 걸었다. 갑자기 지척에 폐허가 된 기와지붕이 강치를 잡으려고 빙산의 틈에서 음흉하게 고개를 쳐들던 돌고래처럼 나타났다. 지붕 위에는 잡초들이 여기저기에 자리를 잡고 있었다.

    가까이 다가가보니 출입구의 문풍지가 낡아 안이 훤하게 들여다보여 오래전에 버려졌다는 것을 단적으로 나타내고 있었다. 처마 밑에는 검은색 판자에 흰색 글씨로 쓰인 治心菴이라는 현판이 위태롭게 걸려있었다. 한동안 글씨를 바라보며 '마음을 다스리는 암자'라고 조그맣게 중얼거렸다.

문을 밀치자 삐걱댔지만 열리지 않았다. 나뭇가지를 주어 지렛대 삼아 겨우 문을 열고 들어갈 수 있었다. 바닥에 먼지가 쌓여있고 거미줄이 도난방지를 위한 광선처럼 어지럽게 선이 그어져 있었다.

손으로 거미줄을 걷으며 안으로 들어가자 결가부좌를 틀고 앉아있는 불상이 반갑다는 듯 조용하게 미소를 짓고 있었다.

한동안 불상만 바라보았다. 수년 동안 누구 하나 손보지 않아서인지 황금빛이 퇴색되어 검은색으로 얼룩져 있었다. 하지만 불상은 무엇이든 마음에 고통을 다 알고 있다는 듯 미소를 풀지 않았다. 바닥의 먼지를 손으로 쓸고 그 자리에서 무릎을 꿇었다.

'이곳이 무섭지 않나요?'

불상은 똑바로 바라보며 마치 살아있는 사람에게 말을 걸어보듯 중얼거렸다. 하지만 불상은 말없이 미소만 보이고 있었다. 순간적으로 저 불상에게 생명을 불어넣어 줄 수는 없을까 생각하며 사람들에게 염력을 부려보듯 움직여 보라고 주문을 하였다. 이마에서 땀이 흘리도록 집중하여 보았지만 생각대로 되지 않았다.

염력을 그만두고 암자의 내부를 살펴보았다. 마치 커다란 짐승의 내부처럼 갑갑하기도 했지만 때론 아늑하기도 하였다. 연좌에 올려져 있는 불상에 가까이 다가가 불상의 등을 손으로 쓸어보았다. 서걱거리는 먼지가 손에 만져졌다.

문득 염력이 통하지 않는 불상에게 모든 것을 이야기하면 속 시원하게 진리의 방향을 알려줄 듯도 하다는 생각에까지 미쳤다. 다음부터는 간간히 찾아와 속 있는 말을 하여 볼 생각을 하였다.

좋은 곳을 발견했다고 생각하고는 치심암을 빠져나오며 몇 번 뒤돌아보았다. 그리고 마음속으로 다짐을 했다. 어떻게 해서든 하염없이 앉아서 무엇을 기다리고 있는 불상에 스스로 움직일 수 있도록 생명을 불어 넣어야겠다고 생각하였다.

도심을 걸어도 퀴퀴한 치심암의 흙냄새가 코끝에서 흩어지지 않았다. 강렬해서 이런 느낌이라고 중얼거리며 도심을 배회하였다.

아내가 늘 일요일마다 나가는 교회의 종탑을 바라보며 십자가와 부처의 모습을 교차하여 생각해 보기도 하였다.

아내는 늘 십자가에 매달려 피를 흘린 예수의 모습을 생각하기만 하면 눈물이 나온다며 예수는 나의 생명이라는 말을 곧장 하였다. 그때마다 친구의 우스운 이야기를 떠올리며 웃기만 하였다. 어떤 땐 마치 광인처럼 너털웃음을 참지 못했다.

언젠가 자기가 운영하던 사업체가 도산한 친구는 하소연하

　　　　　　　　　　푸른 멍텅구리배

듯 말했다. 아내의 경제적인 지원이 필요해 할 수 없이 교회에 따라다녔다는 말이었다.

한 번은 산속에 있는 기도원을 따라 갔는데 그곳에는 수많은 신도들이 머리를 조아리고 앉아 목사의 말을 경청하고 있었다. 헤게모니를 부여잡은 목사는 마치 자신이 신이나 되는 것처럼 신도들을 꾸짖었다. 신도들은 목사가 목소리를 높이면 큰소리로 아멘이라고 연호했다. 그런 신도들에게 목사는 불같은 성령을 퍼부어 달라고 말하자 모든 신도들이 여기저기서 외마디 소리를 지르며 쓰러졌다. 친구는 할 수 없이 자기도 일부러 고함을 지르며 쓰러졌다는 거였다. 쓰러져 있는 신도들에게 이제는 일어나 방언의 역사를 받으라고 소리치자 모든 신도들이 고함을 지르며 아무도 알아들을 수 없는 말로 고함을 질렀다. 애라 모르겠다는 심정으로 자기도 혀가 돌아가는 대로 아무렇게나 큰소리를 질렀다며 그간 있었던 일을 씁쓸한 표정으로 말했다.[1]

그 후의 결과를 물으니 신도들이 성령을 받고 방언의 은사를 받았다는 이유로 대하는 태도가 바뀌었고 아내도 남편이 신실한 사람으로 바뀌었다고 말하며 대우도 달라졌다고 하였다.

---

1) 집단무의식(분석심리학자 카를 구스타프 융의 이론)

4

늦잠 때문에 햇살이 거실을 점령하고 나서야 눈을 떴다. 꿈속에서 결가부좌를 틀고 앉아있는 불상의 미소가 떠올라 잠을 깨곤 하였다.

겨우 눈을 떴다. 창백한 햇빛이 눈 안으로 확 들어박히는 듯하였다. 늘 이 시간에는 점령군처럼 햇볕이 거실로 가득하게 들어왔다. 누워서 시계를 올려다보니 벌써 아침 10시가 넘어서고 있다. 일어나 이불을 구석에 둘둘 말아 처박아 놓고 본격적으로 앞집을 관찰한다.

햇살이 눈부시다. 망원경으로 정면에서 바라보면 햇살 때문에 잘 보이지 않는다. 측면을 이용하려고 구석으로가 블라인더 창살 한 가닥을 젖혀 관찰한다.

오늘의 에어로빅은 다른 날보다 더욱 경쾌하다. 치렁치렁한 폭포수 같은 그녀의 머리칼이 어깨와 허리에서 춤추고, 가끔씩 땀에 젖은 헝클어진 머리칼을 하얀 손으로 추스른다.

매끈한 다리를 뽐내기라도 하듯 다리를 바꿔가며 위로 치켜 올린다. 탄력 있어 보이는 다리가 허공을 오르락내리락한다.

눈이 흐릿해질 때까지 여자의 모습을 정밀하게 관찰했다. 흐릿한 모습 속에서 언젠가 보았던 학춤이 연상된다.

하얀 에어로빅복이 땀에 젖기 시작하자 속옷의 색깔이 차츰 나타나기 시작했고, 곧 격렬하게 몸을 떨 최고의 절정을 연상하고 심호흡을 한다.

격정적으로 운동하다 갑자기 행동을 멈추고 빤히 바라본다. 놀라 망원경을 내려놓고 커튼 뒤에 웅크리고 앉는다.

훔쳐보고 있는 것을 발견한 것은 아닐까? 하는 생각이 들자 소름이 오싹하고, 살갗에 닭살이 오소소 돋는다.

주위를 살펴보며 들킬 수 있는 조건들을 상상해 본다. 어두컴컴한 거실을 햇볕으로 환한 그녀 쪽에선 절대로 볼 수 없는 일이라 확신하고 커튼 너머로 다시 여자가 있는 곳을 바라본다.

한동안 뚫어져라 응시하다 눈을 떼지 않고 다시 에어로빅에 열중한다.

얇은 커튼 뒤로 보이는 여자의 자유스런 움직임, 그때서야 안심이 되어 안도의 숨을 내쉰다. 행동에 집중해 있을 때 바람이 가느다랗게 불고, 조용히 커튼이 살랑거린다.

조용히 살랑거리는 커튼을 바라보면 늘 아버지가 가시던 그 만장이 떠올라 그때를 생각한다.

오늘은 좀 더 색정적인 모습을 하였으면 하는 생각을 하다가 여자 쪽으로 머릿속에서 신호를 보낸다. 하지만 여자는 자기가 하고 싶은 일을 계속할 뿐 미동도 하지 않는다.

왜 이 여자에게는 관심법이 작동하지 않는 것일까? 옷이라도 훌훌 벗어 던지고 춤을 멋들어지게 추어 봤으면 하고 생각한다. 그렇게 깊은 생각을 하고 있을 때 심호흡을 하는 모습이 보인다.

운동이 다 끝났는지 동작을 멈추고 숨 고르기를 하고, 숨 고르기가 끝나자 베란다로 나와 다시 응시한다. 지금껏 한 번도 보여주지 않았던 행동이다.

망원경을 내려놓고 자신이 훔쳐보고 있는 쪽을 응시하는 이유를 하나하나 생각해 본다.

마음속으로 밝은 곳에서는 어두운 곳을 보지 못한다고 생각하며 자신을 발견하지 못하리라 확신한다.

한참 동안 바라보던 여자가 안으로 들어간다. 얼마쯤 되자

　　　　　　　　　　　　　　　푸른 멍텅구리배

여자는 마네킹을 들고 나와 언제나처럼 베란다 쪽에 세워놓고 오 분 정도 마네킹의 자세를 고치는 작업을 하고는 거실 안쪽에 이젤을 설치하고 그 위에 캔버스를 올려놓는다.

그림 그리기에 열중하고 여자가 그리고 있을 그 무엇을 상상하며 그 자리에 쭈그리고 앉아 생각에 잠긴다.

구상과 비구상이 동시에 머릿속에서 흩어진다. 갑자기 지난번 그렸던 팔이 잘려 부자연스런 비너스가 아른거리다가 이내 유년시절의 기억들이 꿈틀거리며 다가온다.

유년시절의 기억을 하지 말아야 한다고 혼잣말을 하며 다시 망원경에 눈을 대고 여자의 행동에 집중한다.

갑자기 심각해진 여자가 똑바로 바라보다 신경질적으로 캔버스에 붓을 내던진다. 마치 동수는 자기에게 붓을 내던진 것처럼 눈을 찡그린다. 여자의 모습에서 일이 잘 안 되고 있다는 것을 발견하고 일이 잘 풀리기를 기원한다.

창밖을 응시하다 갑자기 마네킹이 있는 곳으로 신경질적으로 걸어간다. 어떤 행동이 이어질지 긴장하며 뚫어져라 바라본다.

마네킹의 위치가 마음에 들지 않는지 거칠게 마네킹의 위치를 이리저리 움직인다. 그러기를 여러 차례. 차츰 움직임이 난폭해 졌음을 느낄 수 있다. 거친 손에 마네킹이 쓰러진다.

헝클어진 머리칼을 뒤로 쓸고 신경질적으로 마네킹을 높이 들어 올려 그대로 바닥에 내동댕이친 다음 마네킹을 고정했던 어떤 물건을 발로 걷어차고 어디론지 사라져버린다.

마네킹이 부서졌을 거라는 생각이 들자 자신의 몸 한구석이 부서진 것처럼 움츠려든다. 잠시 망원경에서 눈을 뗀다. 약한 바람이 블라인더 자락을 어루만진다.

마음이 가라앉자 다시 망원경으로 여자의 거실에 집중한다. 아무도 없는 텅 빈 거실 한구석에 있는 TV에서 푸른 형광 불빛이 뿜어져 나오고 있다.

어디로 갔을까? 한동안 그 자리에 앉아 생각에 잠긴다. 갑작스런 행동이 자꾸 생각났지만 특별한 일이 없을 거라 결론을 내리고, 망원경을 내려놓고 망연히 앉아 자신을 생각해 본다.

하릴없이 앞 동을 훔쳐보고 있는 자신이 한심하다고 생각하다가 서글픈 생각으로 바뀐다.

갑자기 TV에서 요란스런 웃음소리가 터져 나온다. 주부들 몇몇이 앉아서 떠들어대는 프로그램이다. 특별할 것 같지 않은 일에 웃음을 터뜨리는 여자들을 보고 신경질적으로 꺼버린다.

집을 나서기 위해 간편하게 청색 운동복 차림을 하고 신발장 위에 놓아둔 열쇠를 집어 든다.

언제부턴지 문을 잠그는데 열쇠 한 개로는 안심이 되지 않아 보조키까지 채웠다. 첫 번째로 채우는 열쇠는 항상 주 열쇠였고 두 번째가 보조키였다. 보조키를 돌릴 때마다 주키와 보조키가 바뀌었다고 생각했다. 두 번째의 보조키가 "쏙"하고 소리를 내며 잠겨야 마음이 든든했고, 그 소리 또한 좋은 느낌을 줬다. 승강기 앞에 서서 승강기가 닿기를 기다린다.

승강기는 사람의 이동이 없는 시간이라 한 번도 멈추지 않고 7층까지 올라와 멎는다.

승강기 안의 사각 공간엔 근처의 상점들이 홍보용으로 붙여놓은 스티커들로 가득하다. 그중 아들놈이 기억하는 몇 곳의 글귀가 눈에 들어온다. 영화통닭, 영국빵집, 정통중국식식당이라는 금박 스티커, 왠지 금박으로 된 모든 것이 싫어진다.

아무것도 아닌 금박 글씨였지만 거만한 느낌이 상류의 사람들이라는 것을 우회적으로 표현하는 것 같아 비겁하기까지 했다.

글씨가 금박으로 되어있는 정통중국식식당이라는 곳을 손톱으로 긁어 알 수 없게 만들어버린다.

엘리베이터가 1층에 멎고 아파트 현관의 계단을 내려오자 군청색 경찰 복장을 한 경비가 경비실 책상에 턱을 괴고 한가하게 졸고 있고, 어제 저녁만 해도 빽빽하게 들어차 있던 주차장엔 움츠린 개구리 모양을 한 몇 대의 차들만 덩그러니 앉아있다.

많은 사람들이 화단을 가로질러 지나가 오솔길이 되어버린 화단을 따라 302동 모퉁이를 돈다.

고즈넉한 아파트 주차장. 승용차 몇 대가 앉아있는 302동 주차장을 바라본다. 새삼스럽게 지금 살고 있는 301동과 너무도 흡사하다고 생각한다.

왜 사람들은 일사불란한 것을 좋아하는 것일까? 무엇이든 정돈되어 있는 것을 좋아하고 그렇지 않은 것을 무질서하다 생각하는 것일까?

여러 생각을 하며 일없이 주차장을 한 바퀴 돈 다음 주차장 경계석에 앉아 703호 쪽을 올려다본다.

회색빛 하늘과 맞닿은 육중한 몸체의 아파트 위를 비둘기들이 자유스럽게 공원 쪽으로 날아간다.

가끔씩 703호를 올려다보았으나 703호에는 아무런 기척이 없고, 한기를 머금은 을씨년스러운 바람만 아스팔트 주차장에 있는 모래를 쓸고 다닌다.

몇 번 망설인 끝에 3, 4번 출입구 쪽으로 걸어간다. 졸고 있던 경비가 바라보며 자세를 고쳐 앉고 무슨 말인가를 하려다 가벼운 눈인사를 한다.

경비의 눈빛을 피해 앞쪽만 똑바로 바라보며 몇 개 안 되는 계단을 올라 승강기 앞에 선다.

푸른 멍텅구리배

승강기의 스위치에 손이 닿자 1층에 정지되어 있던 승강기가 허기를 채우려고 달려든 악어처럼 아가리를 벌린다.

스위치에서 손을 떼지 않고 한참을 망설이다 안으로 들어간다. 승강기의 문이 닫히자 무의식적으로 7층 버튼을 누른다. "윙" 하는 기분 나쁜 기계음과 함께 위에서 불쾌한 바람이 내려온다.

눈을 감는다. 눈을 감고 있으면 왠지 같은 시간도 길게 느껴지지 않았다. 그래서 긴장되거나 껄끄러운 상대를 만났을 때면 버릇처럼 눈을 감았다. 그렇게 하면 모든 순간이 자기도 모르는 사이에 지나가 버리는 것 같았다. 이윽고 방울소리가 들리고 문이 열린다.

몇 번 초인종 위에 손가락을 올려놓아 보다가 뒤로 물러선다. 좌측으로 돌아 몇 개의 계단을 올라가 계단실 위에서 쭈그리고 앉는다.

햇살이 계단실 창을 통해 들어와 계단에 굴절되어 쏟아지고, 가끔씩 바람소리가 창틈으로 틈입하며 날카로운 금속성 소리를 낸다. 여자가 나온다면 어떻게 할까? 생각하며 여자의 모습을 상상한다.

아마 TV에 혼이 빼앗겨 있을 것이라고 생각하며 지금 시간에 있을 여러 프로그램들을 생각해 본다.

여자에게는 관심법이 통하지 않는 것에 대하여도 생각해보고 아마 기가 센 여자일거라 상상하며 자기의 생각을 합리화한다.

계단실에 쭈그리고 앉아 다시 여자가 나오도록 초능력으로 여자를 유도해 본다. 하지만 문은 열릴 기미가 보이지 않는다. 땀이 나도록 집중해 본다. 하지만 허사가 되고 만다.

힘이 빠져 일어서기도 힘들어 그대로 쭈그리고 앉아서 가끔씩 아파트 문을 바라본다.

5

  아파트 7층에서 8층으로 향하는 복도에 쭈그리고 앉아 병원에서 보았던 의사를 떠올린다. 사고가 있었는지 머리 한쪽이 심하게 찌그러져있고, 그것을 숨기려고 머리를 늘어뜨렸다. 얼굴에는 어울리지 않게 큰 안경을 끼고 있는 모습과 무슨 말인가를 하려는 듯 우물거리는 입, 그리고 위로 쫑긋이 솟아오른 당나귀 귀, 무미건조한 역삼각형의 얼굴 윤곽, 그 이상스런 형상의 의사가 잠에서까지 괴롭혔다.

  자기 혼자서 진단할 수 없다며 10장이나 되는 종이에 깨알 같이 글씨가 쓰여 있는 내용을 마치 고등학교 때 치르던 모의고사를 보듯 풀어보라고 했다. 머리가 흔들릴 정도로 연속해서 묻는 질문지를 두 시간이 넘게 풀었다.

처방은 마음속에서부터 거부감이 들었다. 의사의 말을 상기할 때마다 구토증상까지 생겼다.

더욱 참기 힘들었던 것은 가장 잘 안다고 생각했던 아내마저 의사 말을 신뢰한다는 것이었다.

진찰이 있은 후로 종종 악몽을 꿨다. 아무리 꿈에서 깨어나려고 해도 악몽은 끈덕지게 따라붙었다. 그렇게 악몽에 시달리고 나면 식은땀으로 속옷을 갈아입어야 했다.

아내는 열흘 걸러 한 번씩 의사가 처방해준 약봉지를 들고 들어왔고, 매일 아내가 내준 한 주먹이나 되는 약을 복용하고 몇 시간 동안 깊은 수렁 속 같은 잠에 빠졌다.

몸이 늘어지는 기분을 어찌할 수 없었다. 늘어져 잠에 취해 있을 때 그 언저리에서 꿈을 꾸었다.

아버지의 모습이 기차소리와 함께 등장하고 어머니의 모습도 간간히 보였다. 그 모습들은 늘 흑백영화처럼 나타나 괴롭혔다. 겨우 눈을 뜨면 출근시간이 지나서였다.

약을 복용하면 왜 그렇게 힘이 빠져나가는지 도무지 알 길이 없어 의사에게 말했더니 그 약은 당신 같은 병에 필요한 약이라 말하였다.

늦는 날이 많아 겨우 출근하면 교무실에선 동료들이 대화를 하지 않으려 했다. 어쩌다 있는 회식 때도 따돌림을 당했다.

처음에는 그것이 병 때문에 무시하는 처사라고 생각되어 불쾌하기도 했었지만 혼자 곰곰이 생각해보니 동료들과 어울리지 않아 눈치 볼 일도 없어 오히려 그것이 나았다. 그렇게 되니 차츰 혼자만의 세상으로 고립되어갔다.

그렇게 지내던 어느 날 갑자기 귀에서 사람들이 들을 수 없고 혼자만이 들을 수 없는 말들은 시작했다. 처음에는 한 사람의 목소리가 들리기 시작하더니 점점 여러 사람들의 목소리가 들렸다. 밤이 되면 더욱 많은 사람들이 다가와 말을 걸었다.

자신의 뜻과는 상관없이 그들과 말을 주고받으며 하얗게 밤을 지새우곤 했다.

환청은 여러 나라 말로 이어졌다. 배우지도 않은 러시아 언어나 프랑스어 독일어 심지어는 아프리카 어느 부족의 언어까지 다양했다. 그 언어들은 다 알아들을 수 있었다.

갑자기 언어에 통달해져 있으니 누군가가 머릿속에 해석하는 기계를 집어넣었다고 생각되기도 했다. 늘 그 소리는 밤이 되면 더욱 확실하게 들리는 소리였다.

그렇게 되니 뜬눈으로 그들과 이야기하다가 벌겋게 해가 치솟은 후에야 겨우 새우잠을 잤다.

차츰 몸이 수척해지고 학생들을 바로 대하지도 못했다. 도저히 어떤 일에 집중할 수 없었다. 갑자기 자기도 모르게 이상한 언어를 했다. 학생들은 알아들을 수 없는 말을 하면 이상한 눈으로 바라보았다.

그렇게 되자 교장이 아내를 만났고, 그날 저녁 아내는 밤새 울음을 그치지 않았다. 그 울음이 무엇을 상징하는지 알 수 없었다.

아내를 멀거니 바라보다 가끔씩 왜 그러느냐고 신경질을 부리며 다그쳐 묻곤 했지만, 아내는 교장과 만나 대화했던 내용을 한마디도 하지 않았다.

다음날 아침이었다. 학교에 출근하려 하자 아내는 출근을 못하도록 했다. 아내를 따라 학교 대신 병원으로 갔다. 따라간 병원은 신경정신과병원이었다. 그리고 교직생활은 그날로 끝이었다.

병원을 다녀오고서는 약이 더 추가되었다. 그 약을 먹고는 견디기 힘들었다. 한 주먹이나 되는 약에 추가된 약이 있었다.

그 약을 복용하자 밤에 이야기를 걸어오던 사람들의 소리는 들리지 않았다. 소리가 들리지 않은 것이 약 때문이라며 약을 줄여볼 요량으로 처음에 복용했던 약만 복용하였으나 아내는 그것을 알고 추가된 약을 더 복용하라고 고집을 부렸다. 견디기 힘들다고 말해도 막무가내였다. 사실 견디기가 힘

푸른 멍텅구리배

든 것보다는 그나마 여러 나라의 실체 없는 친구를 잃어버릴까 두려워졌기 때문이었다.

늘 그 약을 복용하고 죽음과도 같은 깊은 잠을 잤다. 그 많았던 꿈도 꾸지 못했다. 그렇게 되니 고립은 더 깊이 형성되는 것 같았다.

그 후로 한동안 아내와 단둘이서 사각 상자 같은 아파트에서 하루 종일 보냈다. 둘이 좁은 공간에 있었지만 한마디도 하지 않는 날이 잦았다.

아내는 거실 구석에서 십자수를 한 땀 한 땀 떠가고 있었고, 아내와 대각으로 앉아 TV를 보며 힐끔힐끔 아내를 바라보았다. 아내는 수놓기에 열중했지만 그 모습에는 근심이 보였다.

그렇게 인내하며 수를 놓던 아내는 어느 날 더 이상 이렇게 살 수 없다며 자리를 털고 일어나 직장을 찾아다녔고, 급기야 친구가 다니고 있는 보험회사로 출근했다.

붙임성 있는 아내는 보험회사에서 생활설계사로 일을 잘 해냈고 명랑한 모습으로 변해갔다.

그때부터 아내와 아이들이 빠져나간 텅 빈 아파트 방안에서 무언가를 골똘히 생각하는 것이 취미가 되어 여러 생각 속에 살아갔고, 약을 먹지 않은 날엔 친구들의 목소리 때문에 실어증상으로까지 발전되었다.

여러 나라의 목소리로 말을 하면 거기에 대하여 그 나라 말로 대답해 주지 않으면 친구들도 싫어했고 또 그렇게 하면 미안해 할 수 없이 그 나라의 언어로 이야기를 해 주었다.

귀에서 들리는 형체도 없는 친구들은 언어가 다르기 때문에 늘 통역을 요구했다. 그들끼리 이야기를 할 수 있도록 통역하는 것이 입 밖으로 나오면 그 언어는 누구도 알아들을 수 없는 언어가 되어 튀어 다녔다.

아무도 없는 거실에 혼자 있어도 그들 때문에 심심하지 않았다. 아내는 늘 언어가 다른 사람들과 이야기를 하지 말라고 책망하였지만 그것은 아내의 역할이라고만 치부하고 즐겼다.

언어들은 늘 새롭다. 프랑스 친구는 프랑스에서 진행되는 이야기를 주로 했다. 그의 말은 한국에서 뉴스를 보면 알 수 있는 이야기들이었다. 러시아 친구는 도스토예프스키나 톨스토이 이야기를 많이 해 지식이 있었다. 지식이 있는 사람에게는 거기에 맞게 지식인들이 쓰는 언어를 구사해 주어야 이야기를 계속할 수 있었다. 사실 그런 이야기는 이미 공부해 두어서 이야기가 통했다. 아프리카의 친구들은 지금 직면해 있는 이야기를 많이 했다. 기근이나 질병 그리고 살기 힘든 하루하루에 대하여 꼼꼼히 말했다.

종종 한국의 서울에 있는 소년과도 이야기를 종종하였다. 서울에 있는 소년은 나날이 황폐해져 가는 어른들의 이야기를 주로 했다. 정치적인 이야기도 종종 했는데 국회에서 진행되는 이야기를 꼼꼼하게 말해 주었다. 가끔 국회에 들어가 보았냐고 말하면 지하철을 타고 국회까지 진입했던 이야기를 하고 국회 대회의실 2층에서 회의 과정을 내려다보았다고까지 말해 그가 말하는 것이 모두 진실임을 강조하였다.

프랑스 친구와 이야기할 때에는 생각을 많이 해야 했다. 철학적인 이야기가 많았고 현대 철학을 전부 꿰고 있는 청년이었다. 그 청년은 예술 방면에 박식했다. 그렇지만 그 이야기들은 주로 학교에서 배운 이야기였다.

생각이 깊어질 즈음 소리가 들렸다. 여자가 나오려는 모양이었다. 그 자리에 앉아 숨을 죽이고 여자를 관찰한다.

열쇠의 고리를 여는 소리와 문이 열리는 소리가 거의 동시에 들린다. 자리에서 일어나 문 쪽을 내려다본다.

703호 여자가 외출하려고 밖으로 나와 아파트 열쇠를 채운다. 긴 머리가 어울리는 여자였다. 노란색 윗옷 때문에 침침하던 복도가 훤해지는 느낌이다.

내려가 말을 시켜볼까 생각도 했지만 막상 여자를 눈앞에서 보다보니 용기가 사라진다.

승강기 앞에서 스위치를 누른다. 7층에 머무르고 있던 승강기의 문이 열리자 이상하다는 듯 주위를 한차례 살핀 다음 704호의 문을 바라보고 의심이 풀리는지 승강기 안으로 들어간다. 내려가자 계단실 창을 통해 아래를 내려다본다. 코발트색 아스팔트 위에 납작하게 내려앉은 경비실 옆을 지나가고 있다. 발을 뗄 때마다 긴 머리가 부드럽게 바람에 흔들린다. 카키색 바지 위에 걸쳐 입은 노란색 톤의 재킷이 긴 머리와 어울렸다. 승용차로 곧장 걸어가 승용차 문을 연다. 차안으로 사라지자 승용차는 머뭇거리지 않고 움직였다. 승용차가 앉아있던 자리에는 승용차의 폭만큼의 흰 선이 나타난다.

승용차가 정문을 빠져나갈 때까지 그 자리에 서서 지켜본다. 승용차가 시야에서 멀어지자 왠지 아파트가 텅 비어버린 느낌이 든다.

창 틈으로 기어들어오는 바람소리가 스산했다. 승강기를 타지 않고 계단을 통해 걸어 내려와 시내 쪽으로 향한다.

아래로 내려갈수록 바람소리는 차츰 작아져 1층에 도착했을 때엔 거의 소리가 들리지 않는다.

고즈넉한 오후의 도심은 늘 창백했다. 드러누운 햇볕이 쇼윈도에 반사할 때마다 눈을 찡그렸다.

항상 아파트를 빠져나오면 앞에서 버티고 있는 고물상이 눈에 거슬렸다. 망원경을 사고 난 다음부턴 고물상을 똑바로 바라보기가 싫어졌다. 오늘도 고물상 안에는 뚱뚱한 여자가 뭔가를 열심히 하고 있는 모습이 보인다.

또 어떤 사람을 사기 칠 것인가 잠시 멈춰 서서 생각하다 지나쳐 도심 쪽으로 걸어간다. 눈에 잔상으로 남는 또 하나의 망원경이 오래토록 시야에서 지워지지 않는다.

말없는 사람들의 물결이 차츰 많아질 때서야 도심의 중앙에 자신이 들어와 있다는 것을 발견한다. 이 도시에 10년이 넘게 살아왔지만 아는 사람이라고는 한 사람도 나타나지 않았다.

영동으로 발길을 돌리자 입구에서부터 창백한 모습의 3층 건물이 눈에 들어온다. 3-4층의 건물들이 숨 쉴 틈 없이 빽빽하게 자리한 상가의 중앙에 들어 앉아있는 하얀 3층 건물은 멀리서도 눈부시다.

영동의 300미터의 상가거리는 지나가는 사람과 어깨싸움을 할 만큼 사람들이 많았지만 하나같이 무표정한 사람들뿐이다.

사람들의 모습엔 이미 웃음기는 사라져버린 지 오래다. 그렇게 되기 시작된 것은 미세먼지가 도시를 점령하고부터라고 생각했다.

하얀색 3층 건물인 헌혈의 집 밑에 서서 위층을 한번 올려다보고 계단을 오른다. 헌혈의 집 계단은 늘 어두컴컴하다. 건물들이 햇빛을 막아서도 그렇지만 계단을 오르는 내내 창이 없어 더욱 갑갑하게 느껴지는 곳이기도 했다.

2층 나무계단을 중간쯤 오르니 발소리를 들은 간호사가 문을 열고 나온다. 웃고 서있는 간호사의 모습이 상큼하기는 했지만 피를 빼내야 한다는 생각 때문에 곧 씁쓸함으로 다가온다.

간호사를 볼 때마다 느꼈던 이중적이라는 선입견을 떨쳐버릴 수 없었다. 잘못된 생각을 하고 있다 생각도 했었지만 간호사의 얼굴을 대할 때마다 그 생각은 사라져버렸다.

왜 웃음을 억지웃음으로 치부해 버렸는지 모를 일이지만 간호사의 웃는 얼굴을 대할 때마다 억지웃음으로 보여졌다. 그럴 땐 간호사의 얼굴에 침이라도 뱉어 주고 싶었다.

"선생님 오셨어요?"

긴 머리와 하얀 옷차림, 창백한 그녀의 얼굴에서 드라큘라가 연상되었다. 영화에서 본 남자 드라큘라는 늘 예쁜 젊은 여자의 피를 좋아했다. 여자 드라큘라는 근육질의 남자를 피하고 유약한 남자의 피를 좋아하는 이유가 무엇일까 잠시 생각하고 여자를 따라 안으로 들어갔다.

안으로 들어서자 간호사 하나와 남자가 동시에 일어서며 반겼다. 안에는 헌혈을 하는 사람이 아무도 없었다. 그들은 한가하게 사람이 들어오기를 기다리며 농담을 하고 있었을 것이 분명했다.

"오셨어요?"

단정한 모습을 한 간호사가 상냥하게 인사하고, 남자는 누울 침대의 하얀 침대보를 손바닥으로 쓸었다. 일을 하는 사람은 적었지만 손발이 척척 맞았다. 외투를 벗자 긴 머리 간호사가 얼른 받아 옷걸이에 건다.

오후의 고즈넉한 분위기가 그대로 굴절된 열 평 남짓한 헌혈실. 익숙하게 침대에 누워 바늘을 꽂을 혈관이 보일 수 있도록 옷을 올리고 창밖을 올려다보았다.

햇살이 눈부셨지만 그래도 파란 하늘에는 구름 몇 뭉치가 자유롭고 평화롭게 떠다니는 것이 보였다. 하늘 한가운데에는 깊고 푸른색이 보였다. 오늘은 언제 그랬냐 싶게 맑은 하늘이었다.

피를 뽑기에는 적당한 날씨라 생각하며 다음 행동을 생각해 보았다. 생각하는 동안 간호사는 아무것도 하지 않았다.

시간을 왜 주고 있는지 가느다랗게 실눈을 뜨고 바라보았다. 한 팀이 된 그들은 서로 자기가 할 일을 하고 있었다.

눈을 감고 피의 형상을 생각했다. 몸의 구석구석을 찾아다니며 자신의 내부를 훤히 들여다보는 피의 입자들이 몸속에서 아우성치는 것 같았다.

여러 생각을 하고 있을 때 간호사의 이질감 있는 손길이 살갗에 닿았다. 간호사는 혈관을 찾으려고 팔을 천천히 두드린다.

"조금 따끔 할 것입니다."

늘 그 말을 먼저 했다. 그 말은 항상 사무적인 표현이었다.

마치 영화에서 보았던 드라큘라가 피를 빨 곳을 고르듯 간호사는 살갗을 주물렀다. 그리고 찾았다는 것을 표현하듯 팔을 몇 번 손바닥으로 쳤다. 그렇게 하면 살갗에 숨어있던 핏줄이 튀어 오른다.

혈관을 찾았는지 팔을 묶은 고무줄을 풀고 주삿바늘을 꽂았다. 따끔한 충격과 함께 느껴지는 전율. 보름에 한 번씩 이곳을 찾는 이유가 이 전율 때문인지 모른다고 상상한다.

작년까지만 해도 붉은 피가 비닐주머니 속으로 한 방울씩 떨어져 들어가는 것을 볼 때마다 희열에 몸을 부르르 떨기까지 했었는데, 올부터는 그런 희열은 없어졌고, 그만큼의 희열을 양으로 보충받았다.

삼 개월에 한 번씩 정기적으로 하던 헌혈을 성분헌혈 때문에 올부터는 십오 일로 앞당겼다.

처음 성분헌혈을 했을 때의 기분은 묘했다. 뽑아낸 붉은 액체를 몸속에 다시 집어넣고 누리끼리한 액체만 뽑아 가는 기막힌 기계 앞에서 기계의 경이로움에 치를 떨었다.

처음 성분헌혈을 했을 때에는 붉은 액체처럼 자신을 괴롭히는 인자 역시 걸러져 다시 체내로 들어올 거라는 상상 때문에 허탈하여 아무 생각 없이 방안에 누워있었지만 얼마 후 아직 인간에 의해 점령된 병이 아니기 때문에 그런 기술은 없을 거라는 생각으로 자기합리화를 한 다음부터 헌혈을 다시 시작했다.

핏속에 숨겨진 혈장처럼 몸속 어디에 어떤 모습으로 숨어있을 병의 인자를 찾아내 뽑아내야 한다고 생각했고, 그 일념에서 헌혈에 취미를 붙였다.

"아저씨?"

바늘을 꽂은 간호사가 어떠냐는 투로 말한다.

"됐어요."

짧게 대답하고 눈을 감는다. 수렁 같은 깊은 어둠이 엄습하고, 어둠 속에서 한줄기 길고 퍼런 불빛이 눈동자를 향해 달음질쳐왔다.

희열이다. 첫 번째 간호사의 질문 후에 찾아오는 희열. 그 깊은 희열을 음미한다.

언젠가 추적추적 내리는 비를 취하도록 흠뻑 맞은 것처럼, 그 순간은 얼마 가지 않고 깊은 곳에서 달려오는 불빛이 눈꺼풀을 덮을 때면 그 자리에는 항상 아버지가 이상한 모습으로 버티고 서있었다.

아버지는 곧 기찻길에 서있었고 사고의 순간이 눈앞으로 그려질 때엔 깜짝 놀라 눈을 떴다 감았다.

어머니의 한스런 울음소리가 들리는 것 같았다. 그다음으로 술에 절어 툇마루에 앉아있는 어머니의 모습도 또렷하게 보였다.

어머니의 모습이 사라질 때 즈음엔 부엌 처마에 매달려 둥둥 떠있는 모습이 보였다. 이것들은 전부 경험했던 이야기였다.

다시 수도 없이 꾸었던 꿈속으로 빠져들어갔다. 수많은 개똥벌레가 엉덩이에 퍼런 불을 밝히고 방안으로 떨어졌다. 반딧불의 형광 등불은 끔찍할 만큼 많은 등불을 켰다.

깜짝 놀라 눈을 떴다. 눈을 뜨자 바로 위에서 긴 머리의 간호사가 웃으며 서있었다.

"또 꿈을 꾸었나 봐요."

대꾸도 하지 않고 팔에서 뽑혀져 나오는 비닐 팩 속의 피를 바라보았다. 피의 색깔은 늘 검붉은 색이었지만 긴 고무관에서 돌아서 나와 팩에 쌓이는 피의 색은 누런색이었다.

현기증이 일었지만 곧바로 공원길로 향했다. 석탑 앞에 쭈그리고 앉아있다가 다시 대나무숲으로 들어갔다. 딱 한번 갔는데 조그맣게 길이 생겨있어 곧장 치심암을 찾아갔다.

오후의 햇볕이 창살의 구멍을 통해 광선처럼 암자 안으로 들어와 불상을 비취고 있었다.

위태하게 연좌 위에 앉아있는 불상 앞에 앉아 머리를 숙였다.

'내 몸에 있는 피를 아무리 빼내도 저는 이 모양입니다. 무

엇이 나를 이렇게 괴롭게 하고 나를 자기 마음대로 움직이게
하는지 핏속에 감추어져 있으면 내 피를 전부 말려주었으면
합니다.'

수도 없이 절을 하며 주문을 외우듯 말했다.

'사람들과 섞일 수가 없습니다. 내 속에 흐르는 피 때문이
면 피를 전부 말려주세요.'

무릎이 아프고 허리가 아파 움직이기 힘들 때까지 절을 하
였다. 암자 안이 차츰 어두워졌다. 그때서야 겨우 일어나 암
자를 빠져나왔다.

6

초등학교 4학년 때의 일이었다. 무슨 일이 있었는지 아버지와 어머니가 심각하게 다퉜다.

늘 초라한 아버지는 늘 어머니의 성난 목소리를 견뎌야만 했다. 그 모습을 알 때쯤 그렇게 말을 하는 어머니가 미워 아버지에게 말했다.

"어머니를 어떻게 해보세요. 그렇게 가만히 듣기만 하지 마시고."

그 말을 듣고 이상한 눈으로 바라보았다.

그래서 그랬는지 싸움 중에 어머니는 아버지께 미친놈이라는 말을 했던 것으로 기억된다.

그 말을 들은 아버지는 얼굴색이 허옇게 질려있었다. 그 한마디에 싸움은 끝이 났고, 아버지는 아무 말도 하지 않았다.

갑자기 침침한 방안에 무거운 침묵이 짓눌렀다. 무서워 어머니와 아버지를 번갈아 바라보았다.

어머니는 자신이 한 말에 당황하고 있었고, 아버지는 한동안 말을 하지 않고 컴컴한 방 한가운데에서 꼼짝하지 않고 앉아 침묵하고 있었다.

전혀 움직임이 없는 아버지의 침묵과 어머니의 이상스런 표정이 무서웠다. 눈을 감았다. 무엇이든 생각하기 싫었고, 애써 뒤 안의 대나무 소리에 집중했다.

서늘한 바람소리와 서로의 잎을 비벼대는 사각거림 소리가 들렸다. 가끔씩 센바람이 불 때면 귀신이 아우성치는 소리처럼 소나기 소리가 들리곤 했다.

대밭에서 불어오는 바람소리와 한기에 떨며 방구석에서 잠이 들었다. 아침에 깨어보니 아버지는 집에 없었다.

아버지는 1년이 다되도록 집으로 돌아오지 않았다. 어머니는 툇마루에 앉아 매일같이 소주를 마셨다. 그 말미에는 때때로 서럽게 울음을 터트렸다.

그 울음이 자신의 과오 때문인지 한스러운 삶의 비관인지는 확실치 않지만 적어도 아버지와 다툰 그날을 후회하고 있는 것이 분명했다.

대밭에서 들려오는 바람소리와 어머니의 울음소리가 섞여 늘 방 주위를 맴돌았다. 가끔 그 소리 속에 고양이 울음소리도 들렸다. 날카롭게 들리는 고양이 울음소리는 문에 붙어있는 창호지가 찢어지는 것 같았다.

그해 겨울방학이 끝나가고 있던 어느 날 새벽이었다. 인기척을 느낀 어머니가 방문을 열자 흰 눈을 흠뻑 맞은 아버지가 초췌한 모습으로 마당 한가운데 서있었다. 날씨는 추웠지만 추운 기색은 없었다.

예전의 아버지 모습은 찾아볼 수 없었고, 1년 사이에 전혀 다른 사람으로 변해있었다.

어머니는 문을 열고 말없이 아버지를 지켜보고 있었고, 어머니의 표정과 아버지의 표정을 번갈아 바라보았다. 아버지가 없었던 지난 시간보다 더한 낯설음이랄까? 한참 만에 어머니는 마른침을 삼키고 밖으로 나갔다.

분명 아버지는 많이 달라져 있었다. 나중에 안 일이지만 아버지는 정신질환자가 되어있었다.

아들을 보고도 알아보지 못할 만큼. 그때 보았던 어머니의 절망하는 표정. 그리고 어색한 둘 사이의 대화. 논리성 없는 아버지의 말과 어머니의 울음소리. 그리고 고함소리. 그 소리들 때문에 그 길로 어둑한 대밭으로 달음질쳤다.

흰 눈이 대나무 잎에 내려앉으며 사락사락 소리를 냈다. 대숲 한가운데로 들어가 쭈그리고 앉아 어머니와 아버지의 고함소리를 듣지 않으려고 귀를 막았다.

가끔씩 그때 아버지와 어머니의 성난 소리가 생각났다. 도저히 알아들을 수 없는 괴상스런 짐승의 울부짖음 같은 고함소리. 생각하기도 싫은 소리였다. 그런 상태로 집을 어떻게 찾아왔는지조차 이해하기 힘들었다.

어머니와의 서먹한 재회 때문이었는지 가족과 섞이지 못한 아버진 집으로 찾아온 다음날 동네 어귀의 철길에서 달리는 열차에 뛰어들어 죽었다.

갑작스런 엄청난 사실 때문인지 울음이 이미 말라버렸는지 울지도 않았다. 사태 수습은 빨랐다. 어머닌 사고 직후 아버지의 토막 난 시신을 주워 선산에 묻었다.

순간에 있었을 아버지의 마지막 소리인 외마디 소리와 육중하고 무거운, 규칙적인, 기차의 소란거리는 철거덕철거덕하는 반복음. 이런 소리들이 아버지의 고함소리와 뒤엉켜 들리는 것 같았다. 그 소리 속에 어머니의 울음 섞인 고함소리가 더욱 커지고 가깝게 들렸다. 마치 멀리서부터 달려온 기차소리처럼 참을 수 없는 소리들이었다. 몸을 뒤척거렸다. 그때였다. 결박하고 있는 주삿바늘이 움직이지 말라는 투로 팔뚝에 따끔한 충격을 주었다. 그때서야 헌혈을 하고 있다는 것을 알았다.

"아저씨?"

간호사의 목소리. 눈을 뜨니 자신을 내려다보는 간호사의 얼굴이 가깝게 들어왔다.

간호사의 의미심장한 눈초리를 피하고 자신의 속내를 감추려고 눈웃음을 보냈다.

언제부턴지 사람들과 대화할 땐 입가에 잔잔한 웃음을 흘려보냈다. 그것이 무의식 속에서 길들여진 반항하지 않겠다는 자신의 의도인지 몰라도, 그렇게 해칠 의도가 없음을 또한 어떤 일에든 저항하지 않겠다는 표시로 미소를 보내면 모든 사람들이 무의미한 존재로 인식하는 것 같았다.

"악몽이라도 꾸셨어요?"

간호사는 하얀 손수건으로 이마의 땀을 닦아주었다. 그녀의 손등에 묻어 있는 장미꽃 향수 냄새와 영양크림의 미세하고 은은한 냄새를 음미했다.

"아직 멀었나요?"

제법 부풀어있는 비닐주머니를 바라보며 말한다.

"이 분 정도면 됩니다."

멀리서 굵은 목소리의 남자가 사무적이고 무뚝뚝한 소리로 끼어들며 대답했다.

키 작고 깡마른 남자의 목소리가 생긴 것과는 정반대라는 느낌을 주곤 했다.

어떻게 저런 체구에서 저렇게 굵은 목소리가 나오는 걸까? 하고 의아스럽게 생각해본 것이 한두 번이 아니었다.

"2분요."

남자가 말한 2분이라는 시간을 생각하며 혼잣말을 했다.

남자는 비닐 팩의 양을 보고 시간을 가늠해 냈고, 그 시간은 언제나 정확하게 들어맞았다.

2분이 지나면 자신의 몸속을 돌아다니며 자신의 의지와는 상관없이 지껄이게 하고 생각을 가로채 자기 몸인 양 마음대로 행하는 무엇인가가 얼마간 빠져나갈 거라는 생각이 들자 저절로 힘이 솟아오르는 느낌을 받는다.

벽시계가 37분을 가리키자 간호사가 다가왔다.

"이제 다 되었어요."

짧은 머리의 간호사가 주삿바늘을 감싸고 있는 흰 반창고를 조심스럽게 뜯어내고, 2센티쯤 살갗을 파고 들어간 주삿바늘을 바라본다.

혈관 속으로 깊숙이 박혀있는 주삿바늘을 흰 거즈로 눌러 뽑아냈다. 주삿바늘이 뽑혀져 나온 곳에서 붉은 피가 솟아오른다.

흰 거즈로 살갗을 누르며 의미심장한 웃음을 보낸다. 혹 그녀가 앓고 있는 병을 알고 있어서일까? 하는 생각이 들자 소름이 돋았다.

침대에서 내려오자 간호사가 옷장에서 외투를 가져왔다. 창 쪽 구석에서 무엇인가 기록하던 남자는 웃으며 헌혈 증명서를 건넸다.

남자의 메마른 눈초리와 긴 머리 간호사의 촉촉한 눈초리가 대조적이다. 헌혈증서를 받았다. 그리고 자신이 누웠던 침대를 한차례 돌아보고는 곧 그곳을 빠져나왔다.

밖으로 나오자 오후의 긴 햇볕이 눈을 찔렀다. 무거운 현기증이 일어 잠시 걸음을 멈추고 지나가는 사람들의 무표정한 모습을 바라본다.

많은 무표정한 사람들 속에는 아는 사람이라고는 한 사람도 보이지 않고, 가끔씩 익숙한 겨울바람만 몸을 훑고 비좁은 사람들 사이를 지나갔다.

이렇게 미세먼지가 없는 겨울날은 드문 일이다. 아무리 추워도 이런 날에는 도심을 한 바퀴 돌아야겠다는 생각으로 먼저 연탄 창고가 있었던 소공원으로 향했다. 늘 그랬지만 연탄 창고가 기찻길 옆에 자리를 잡고 있을 때가 좋았다는 생각을 하였다.

연탄 창고의 두꺼운 함석으로 된 벽은 햇빛에 달구어져 기대고만 있어도 따뜻했다. 이런 사실은 이 도시에 살고 있는 사람들 소수만이 알고 있는 비밀이었다.

공원의 차디찬 돌의자에 앉았다. 늘 그랬지만 엉덩이부터 서늘한 감각이 온몸으로 느껴지는 것 같았다.

지난번에는 돌의자에서 잠을 자던 누더기를 걸친 한 사람이 119구급차에 실려 가는 것을 목격했다.

그 후로 한동안 돌의자에는 앉기도 싫어 일부러 낙엽이 져버린 앙상한 가지의 나무 아래 발이 저리도록 쭈그리고 앉았다.

돌의자에서 도시 안쪽으로 곧게 뚫려있는 아스팔트길을 바라보았다. 그 길은 멀리 대학교까지 이어진 길이고 대학로라 명명된 도로였다.

눈을 감고 머릿속으로 대학까지 가는 길을 생각해 보았다. 문득 그 생각을 하다 눈을 뜨고 일어섰다.

마치 어느 것에 홀려 빨려 들어가듯 그 길을 걸었다. 조금만 가면 공원으로 들어가는 길이 나올 것이고 그 길에서 옆으로 들어가면 이미 폐허가 된 고가들이 밀집한 공간이 나온다는 것을 잘 알고 있었다.

근대풍의 건축물인 적산가옥이 이미 낡아 곧 쓰러져 벌릴 것 같았다. 들어간 집은 이미 군데군데 벽이 뚫려있었다. 곧 쓰러질 것 같아 방치된 건물이었다. 안방쯤으로 되어 보이는 공간으로 들어가 쭈그리고 앉았다.

흙냄새가 눅눅했다. 아무도 관리하지 않아 오가는 사람도 없었고 관리하는 사람도 없어 편한 곳이기도 했다.

눈을 감았다. 언제나 그랬듯 눈을 감으면 그곳에 살고 있는 사람의 형체가 유령처럼 스멀스멀 기어 나왔다.

그들은 일본에 거주해 있던 사람들이고 침략지로 들어와 이주해 살고 있는 사람이었다. 일본어로 말을 하고 있지만 전부 다 알아들을 수 있는 말이었다.

"우린 언제 일본으로 가나요?"

이주민들은 늘 그런 고민이 있었다. 아무래도 식민지로 들어와 새롭게 꿈을 꾸었지만 식민지는 녹록하지 않았다. 그래서 늘 고향을 그리워하고 있었다.

"우린 여기서 살아야 된단다. 이곳이 우리의 제2의 고향이고 이곳에 적응하면서 살아야지."

어린 딸에게 타이르는 가장의 목소리였다.

"아끼고는 잘 있는지 모르겠어요."

"잘 있단다. 지난번에 배를 타고 들어온 사람에게 고향에 대하여 알아보았어."

가장도 본국을 그리워하고 있었다.

그들의 이야기를 듣고 있으면 시간가는 줄 몰랐다. 사람들은 왜 이런 후미진 곳을 찾아 이렇게 쭈그리고 앉아있는지 모를 것이다.

그들이 어떤 생각을 하면서 이곳에서 살고 있는 것인지 그간 있었던 일이 무엇인지 모든 것을 다 알 수 있는 이런 공간이 이 도시에 여러 곳이 있었으면 하면서 그들을 엿보았다.

한동안 그렇게 엿보다 이제는 나설 때라 생각되어 일어나 그들이 있는 거실로 들어갔다.

"잘 지냈소?"

그가 바라보고 먼저 말했다.

"이렇게 건강한 모습으로 살고 있소."

팔을 벌려 건강하다는 것을 표시해 주었다.

"오늘은 무엇을 알고 싶어 이렇게 오셨나?"

"오늘 가져갈 곡식은 무엇이오?"

일본으로 실려 보낼 곡식을 알아보았다.

"쌀 이천 석이오."

"그렇게 많이 가져가면 이곳에 사는 사람들은 무엇을 먹고 산단 말이오."

"그것은 내 알바 아니오. 나는 본국으로 쌀 이천 석을 보내면 되는 것이오."

일본인은 자기 책임이 아니라며 상관하지 말라는 투다.

"알겠소. 그럼 상관을 만나려면 어떻게 해야 하오?"

집요하게 물었다.

공출해 가는 일본인 하수인이었다. 그의 직업은 항만에 나가 공출해 가는 곡식의 양을 세는 일을 주로 하였고 확인도 하는 일본의 하급관리인 셈이었다.

그와 이야기를 하고는 그 집을 나와 다시 항만이 있었던 곳으로 발길을 돌렸다. 항만 쪽으로 가는 일본인 가족을 물끄러미 바라보다 그들을 따라갔다.

일본인을 따라 항만으로 향했다. 일본인은 항만으로 가면서 뒤를 돌아보며 빨리 오라고 눈짓을 하였다.

"천천히 갑시다."

따라가는 것이 숨이 차 발걸음을 늦추며 말하였다.

"나는 바쁜 사람이오. 이곳으로 들어온 곡식을 검수를 하여야 배에 선적할 수 있다오."

더욱 빠른 걸음을 하였다.

일본인을 따라가다가 이렇게는 도저히 따라갈 수 없다 판단하고 발길을 돌렸다.

허무하게 일본 사람을 지켜보다가 공원 치심암 쪽을 바라보았다. 얼굴 한가득 미소를 머금고 있는 부처를 보고 싶었으나 아직 허리가 성치 않아 그대로 집으로 돌아갔다.

7

9시가 되었는데도 아파트는 컴컴했다. 사각 기둥으로 둘러
쌓여있는 주변은 열 시가 다되어야 햇빛이 들었다. 일찍부터
블라인드라도 걷으면 그래도 환할 텐데 그렇게 하지 않았다.

아파트는 문을 닫고 있으면 밤인지 낮인지 구별도 없었고,
날씨의 변화도 알 수 없었다. 그렇게 하는 것이 늘 좋았다.

오늘도 불을 켜지 않고 앞 동을 관찰했다. 거실에 불을 켜
면 앞 동에 살고 있는 여자가 자기를 관찰하고 있다는 것을
쉽게 알 수 있을 것 같아 늘 불을 켜지 않았다.

동수 쪽을 바라보며 몸을 풀고 있는 여자는 분명 무언가 찾
고 있는 듯했다. 지켜보고 있는 어두운 거실의 내부를 보지

못할 거라 생각했지만 두리번거리는 모습을 보면 마음 놓이지 않았다.

다시 시작된 에어로빅. 격렬하게 움직이는 여자의 찰랑거리는 머리카락을 바라본다.

나비의 날갯짓 같은 움직임. 갑자기 자신이 처해있는 지금의 상태를 비관하였다.

여자는 좁은 사각 공간이지만 그 공간에서 나름대로의 삶을 영위하고 있고 동수는 정반대의 삶을 살고 있다는 생각 때문에 늘 자괴감이 들었다.

여자는 미래를 향해 새롭게 창조하는 삶을 기웃거리고 있지만, 자신은 과거의 환상 속 같은 늪 속을 허우적이고 있다는 생각을 떨쳐버릴 수 없었다.

마음속으로 오늘은 여자를 만나봐야겠다고 다짐했다. 어떻게 할까 생각하며 거실을 서성거렸다.

아파트 반쯤이나 올라온 햇살이 302동 옆으로 삐쭉이 고개를 내밀고 있었다.

햇살이 거실에 금을 그리기 시작하자 앞 동에 있는 이젤 위에 화판을 올려놓고 그림을 그리기 시작했다.

여자의 손길이 빨라진다. 턱을 괴고 관찰하고 있으면 어느새 그리고 있는 그림 속으로 빨려 들어가는 느낌을 발견하고 기분이 움찔하곤 했다.

푸른 멍텅구리배

엑스터시한 손놀림을 눈이 아프도록 관찰하다 벽시계를 올려다보았다. 그림 그리는 일을 끝마치는 시간이 되었음을 알고 자리에서 일어나 햇볕을 가리려고 얇은 커튼 뒤에 설치되어 있는 블라인드를 펼쳤다.

식탁으로 가려다 블라인드 살 한 개를 들춰 표정을 마지막으로 관찰하려고 바라보았다. 신경질적으로 붓을 집어던지는 모습이 망원경 안에 잡혔다.

순간 내던진 붓에 맞을 것 같아 깜짝 놀랐다. 다시 살펴보았다. 한동안 동수가 앉아있는 아파트를 응시하였다. 의미 없는 웃음을 흘리며 망원경을 내려놓고 식탁으로 향했다.

딱딱하게 굳어있는 밥과 이미 표피가 건조해져버린 김치가 식탁 위에 덩그러니 놓여있고, 식어버린 된장찌개는 고형물이 가라앉아 있었다.

수저를 들어 된장찌개를 저어놓고 입안에서 굴러다니는 밥알을 삼키며 아침 겸 점심을 했다.

슬프도록 아름다운 푸른 색조의 거실 벽지는 벽지 안에 그려진 공간 조형물 같은 사각 파스텔톤의 무늬는 보이지 않고 온통 푸른 바탕 무늬만 희미하게 눈에 들어왔다.

아내는 푸른색을 좋아했다. 그래서 벽지도 푸른색이었고, 블라인더 색깔 역시 푸른색이었다. 지난여름에는 나무 무늬의 문짝을 전부 푸른색으로 바꿨다.

식탁에서 음식을 우물거리는 동안 앞집 여자의 식탁을 상상해 보았다. 혼자 사는 여자 역시 자신과 같은 아침을 맞이할 거라 생각이 들었다.

식사를 마치고 TV를 켜놓은 채 소파 밑에 내려놓은 책을 펼쳤다. 반기는 까만 활자들이 와락 달려들며 속에 든 이야기를 쏟아냈다.

지난달부터 읽었던 《죽음의 서》라는 책에서 티베트 사람들의 신앙과 죽음을 맞이하는 방법을 상상하다 인간의 사후 세계로 깊숙이 빠져들었다.

벽시계를 바라보았다. 집에서의 일을 마감하고 어디론지 떠나는 시간이 되었다고 생각하고 블라인더의 살 한 개를 들춰보았다.

연극의 장막처럼 하루를 마감하고 있었다. 여자가 쳐놓은 커튼 색깔이 투명한 햇살을 받고 있었다. 그 투명한 빛은 보는 각도에 따라 다른 색조로 보였다.

옷을 주섬주섬 주워 입고 집을 나서자 잠잠하던 오전의 날씨와는 다르게 바람이 불기 시작했다.

많은 사람들이 이곳은 봄은 없고, 겨울에서 곧바로 여름으로 계절이 바뀐다고 말했다.

해변을 끼고 있는 도시이기 때문이라고 막연히 그렇게 생각했다가도 쉽게 오지 않는 봄을 불평하며 집을 나섰다.

그동안 나름대로 치밀하게 계획한 일을 실행에 옮기려고 정문 근처를 어슬렁거렸다.

이제 얼마 있지 않으면 여자가 하얀 승용차를 몰고 이곳으로 빠져나갈 것이고, 정문 근처에서 속력을 줄일 순간을 기다려 차로 뛰어들어야 한다. 너무 빨리 실행한다면 정말로 다칠지 모른다 생각하며 초조하게 시계를 바라보며 여자의 차가 나오기를 기다렸다.

정문 경비실에 앉아있는 경비가 자꾸 눈길을 주었다. 그럴 때마다 경비와 눈이 마주치지 않게 딴전을 피웠다. 가끔씩 바라보던 경비는 장부에 무엇인가를 열심히 기록하고 있었다.

그때였다. 302동 쪽에서 흰색 승용차가 정문을 향해 천천히 조심스럽게 미끄러져 내려오고 있었다.

생각보다 훨씬 빠른 속도였지만 계획을 실행하기엔 알맞은 속도라고 생각했다. 흰색 승용차가 막 앞에 당도했을 때 눈을 감고 속으로 '지금이야' 라고 외쳤다.

하지만 결국 실행하지 못했다. 머릿속에서는 실행을 요구했을지 몰라도 최종적으로 몸이 따라주지 않았다.

눈을 떴을 땐 여자의 승용차는 이미 정문을 지나 여러 무리의 차들 속으로 사라지고, 그것을 바라보며 용기 없는 자신을 책망했다.

차량들 틈으로 멀어져 가는 승용차를 향해 사고라도 생겨 멈추기를 고대하였다. 하지만 여자의 승용차는 아랑곳하지 않고 시야에서 멀어지고 말았다.

승용차가 떠나간 곳을 황망히 바라보고 있었다. 그곳은 차원이 다른 입구처럼 희미하게 구멍이 뚫려있었다. 멀리로 김이 서리듯 보이는 그곳의 공간은 꿈속에서 보았던 신선들이 살고 있다는 그런 모습의 공간 같았다.

어제의 꿈을 떠올려 보았다. 늘 꾸어오던 수많은 반딧불이의 퍼런 불꽃이 떨어지는 곳을 꿈속에서도 집중하였다. 하지만 그곳은 꿈속에서도 보여주지 않았다. 어디인지 모를 아파트 천장 어느 곳이었다.

생각을 그만둬야겠다고 생각하고 경비실 쪽을 바라보았다. 경비는 그때까지 무엇인가 기록하고 있는 것이 보였다. 경비실 쪽으로 천천히 걸어가자 경비가 한차례 바라보고는 경비실을 나와 아는 체했다.

"저 여자 멋있죠?"

경비가 무엇을 알고 있는 것처럼 말을 걸어왔다.

"저 여자라뇨?"

딴전을 피웠다.

"방금 나간 저 여자 보고 있지 않았어요?"

경비는 동수가 딴전을 피우고 있다 생각하는지 머리를 갸웃거렸다.

"모르는 여잡니다."

퉁명스런 말에 경비는 겸연쩍은 듯 발길을 돌렸다.

"저 여자 잘 아는 사람이요?"

돌아선 경비에게 말했다.

발길을 돌렸던 경비가 돌아서며 자기 생각이 맞는다는 듯 미소를 보냈다.

"내가 여기 아파트에 있는 사람들 모르는 사람이 있겠소, 이곳에서만 벌써 구 년쨴데."

구 년이라는 단어에 힘을 주어 말했다.

"혼자 사는 화간데 국전인지 뭔지 입선도 했다지요."

그의 말을 듣고만 있었다.

심심하던 차에 대화 상대를 만났다는 듯 여자에 대한 자기가 아는 한은 모두 쏟아냈다.

"뭐가 부족해서 일본인 현지처가 되었는지 몰라……"

경비는 여자의 이야기에 관심을 보이자 그 말을 하고 의중을 살폈다.

관심이 있다는 것을 알고 있는 것 같아 신경 쓰였으나 이 기회에 자세히 알아내자는 심산으로 계속 말을 걸었다.

"그럴 리가요."

놀라는 표정으로 경비를 바라보았다.

"우리 경비 중 알만 한 사람은 다 알아요."

자기의 정보가 확실하다며 아파트 내에 있는 경비들까지 끌어들였다.

경비의 정보가 다해감에 따라 그와의 대화에 싫증을 느꼈다. 표정을 살피며 발길을 돌렸다.

경비의 말 중 일본인 현지처라고 말한 대목이 사람들 틈에 끼어 걸어도 계속해서 귓가에 맴돌았다.

심심한 날이면 그 일본인과 아는 사람을 찾아봐야겠다고 생각하며 늘 말로만 주고받던 일본 사람을 떠올려보았다. 그러나 그의 음성은 쉽게 떠올렸으나 실재로는 한 번도 바라보지 않은 일본 사람의 얼굴은 윤곽조차 그려지지 않았다.

그 생각을 하며 근대식으로 지어진 적산가옥을 향해 걸었다. 비둘기들이 황사가 온다는 신호인지 낮게 날며 슬프게 울어댔다. 비둘기들은 황사가 있을 것이라는 이야기를 늘 그런 식으로 표현해 주었다.

어떤 땐 비둘기 한 마리를 선택하여 서로 정보를 교환하자고 신호를 보냈으나 비둘기는 끝내 따라주지 않았다. 아직 수련이 부족한 탓이라고 자책하고는 그때부터 비둘기와의 대화를 하지 않기로 마음먹었다.

이런저런 생각을 하며 걷고 있을 때 두 사람이 지나갔다. 한 사람은 사십대로 보이는 남자였고 한 사람은 십대의 여자였다.

푸른 멍텅구리배

갑자기 떠오르는 것이 있었다. 저 사람들은 연인관계고 남자의 원조를 받고 살아가는 소녀가장이라는 느낌이 들었다.

그를 쫓아가 그러면 안 된다고 호되게 혼을 내주고 싶었으나 적산가옥으로 빨리 가야 한다는 생각 때문에 생각을 접었다.

열쇠도 채워있지 않은 일본식 주택 벽의 구멍으로 어느 때처럼 안방으로 들어가 한가운데에 쭈그리고 앉았다. 그리고 그때 살았던 사람을 떠올려 이야기하려고 눈을 감았다.

오늘따라 일본인들이 나타나 주지 않았다. 더욱 깊은 사고가 필요하다 생각하여 온 정신을 집중하였다. 그때였다.

"당신 누구요?"

깜짝 놀라 눈을 뜨니 노인 한 사람이 바로 앞에서 바라보고 있었다.

"저는 이곳을 종종 오는 사람입니다만."

"이곳이 이렇게 허름해도 주인은 있는 겁니다. 내가 이 집 주인이요."

"그래요 이런 허름한 집을 무엇을 하려고 이렇게 방치해 두는 겁니까?"

"방치라뇨."

노인은 놀라며 바라보았다.

"이렇게 놓아두는 것이 방치 아닙니까?"

"기다리는 겁니다. 이 집이 그래도 오래된 집입니다. 여기 헐려있는 이 벽만 막으면 그래도 쓸모는 있어요. 바람도 들지 않고."

애써 자기 집을 설명하였다.

"이 벽을 통해 들어와 보았어요. 일본인들이 어떻게 살았는지 구경 좀 하고 싶어서 말이죠."

"사람 사는 것은 어디나 매한가지요. 이들도 사람이었어요. 다 같은 거지요."

나가 달라는 표정을 지으며 말했다.

"알았습니다. 다 보았으니 이제 가겠습니다."

그렇게 말하고 일어섰다.

"이제 벽을 막고 열쇠를 채워야겠어."

막 밖으로 나가자 뒤에 대고 그 말을 하였다.

말에 가던 길을 멈추고 생각했다. 저 노인에게 어떤 말이라도 해야 하는데 마땅한 말이 떠오르지 않았다. 그 자리에 서서 한동안 망설이다가 공원으로 향했다. 공원에서 생각 없이 치심암으로 곧장 걸어 들어갔다.

치심암을 들락거려서인지 낯설지 않았다. 불당 안에도 거미줄이 일부는 없어졌지만 구석진 자리에는 그대로 남아있었다. 불상을 바라보다 그 자리에 꿇어앉았다. 햇볕이 광선처럼 선을 그리며 불상을 비춰고 있었다.

연좌 위에 앉아있는 불상을 올려다보며 불상의 미소를 생각해 보았다. 그때였다. 광선을 따라 움직이는 것이 있었다. 나비였다. 문틈으로 햇빛을 따라 나비가 불당 안으로 들어온 것이었다. 나비는 힘겹게 거미줄을 피해 팔랑거리며 불상 앞으로 날아갔다. 팔랑거리며 앉아있을 만한 곳으로 가 앉았다. 그곳이 불상의 코끝이었다. 나비는 그곳이 어디인지 알 길이 없겠지만 그곳에 앉아 날개를 접었다.

앉아서 나비를 바라보기만 하였다. 한가롭고 긴 시간이 지나자 나비는 다시 날아올라 자기가 들어왔던 곳으로 나갔다. 그 시간이 잠시였지만 길게만 느껴졌다. 고즈넉한 암자의 불당에 찾아온 평화이기도 했고 자유이기도 했다.

치심암을 빠져나와 나비를 찾아보았지만 나비는 어디로 갔는지 찾을 길이 없었다.

8

이제는 적산가옥에도 가지 못하게 되었다고 생각하자 마음 한 구석에서 뭔가가 내려앉는 기분이었다.

집주인이라고 말하던 그 노인이 자꾸만 눈에 밟혔다. 정말 늘 방안으로 들어갔던 구멍 난 벽을 막을까 하는 생각이 꼬리에 꼬리를 물었다. 다 쓰러져 가는 집을 수리한다는 것이 당연하지도 않았고 집주인으로서 이득도 없을 거라는 생각으로 정리되었다.

마음속으로 집을 수리하지 못하도록 기를 넣어야겠다고 생각하며 기가 잘 받는 공원으로 올라갔다.

공원은 늘 그렇듯 사람들은 산책로로만 지나다녔다. 길에

　　　　　　　　　　　　　푸른 멍텅구리배

서 조금 비켜있는 일본 사람들이 점령했을 때 세워놓은 석탑이 있는 곳으로 향했다. 석탑은 사람들이 찾지 않았다.

일본인들이 세워놓아서 사람들이 찾지 않는 것도 있지만 큰 나무들이 자리를 하여 길에서는 보이지 않는 탓도 있었다.

석탑 앞에 놓여있는 돌무더기에 앉아 노인을 생각했다. 노인에게 절대로 그 집을 수리해서는 안 된다고 계속 주문을 넣었다.

멀리서 노인의 모습이 비틀거리며 공원으로 올라오고 있었다. 주문이 딱 들어맞고 있다 생각하며 눈을 감고 노인을 조종하였다.

주문이 잘 들어가는지 노인이 이리저리로 정신없이 움직였다. 이 정도면 정신이 혼미해졌다 생각하고 경제적으로 아무런 득도 없는 집을 수리하지 못하도록 주문을 보냈다. 노인의 모습에서 주문이 들어갔다는 것을 말하여 주듯 고개까지 끄덕였다. 고개를 끄덕이며 걷고 있는 것이 비탈길을 올라오느라 힘들어서 그럴 거라는 생각을 해보기도 했지만 주문을 넣어서 그랬다는 것으로 확신했다.

이제 됐다 생각하고 기억 속의 아버지를 생각했다. 1년이 다되도록 소식조차 없던 아버지였고, 어머니는 그런 아버지를 생각하기 싫었는지 기회 있을 때마다 입에 담기 어려운 욕을 해댔다.

그렇게 아버지가 머릿속에서 잊혀져가던 어느 날이었다. 가족조차 기억하지 못하던 아버지가 집으로 돌아왔다.

어떻게 돌아왔는지 그 의문은 항상 기억 언저리를 떠나지 않았다. 그 기억의 아픈 상처. 아버지가 집으로 돌아오지 않았다면 의식의 저편에 있는 아버진 비참한 몰골은 아니었을 거였다.

집에서 그리 멀지 않은 철길에서 일 년에 한번 꼴로 열차에 사람이 치어 비참하게 죽어갔다.

철길을 걷다가 죽은 사람이 있는가 하면 술에 취해 레일을 베개 삼아 잠을 자다 죽었다는 사람도 있었다.

그들의 몰골은 하나같이 처참했고, 사건이 있으면 며칠씩 끔찍한 것을 보기 싫어 먼 곳으로 돌아 학교에 다니곤 했다.

아버지의 시신을 수습하던 어머닌 기차에 끼어 백여 미터 밖으로나 끌려간 팔을 마지막으로 찾아와 한숨을 쉬었다.

그때 처참한 몰골이 보기 싫어 얼굴을 찡그리고 그곳에서 한참이나 떨어진 곳에서 어머니의 행동을 두렵게 관찰하고 있었다.

그때였다. 어머닌 두려워 어쩔 줄 몰라 하자 또렷하게 불렀다.

"아버지의 마지막 모습이다 봐두어라."

역무원이 덮어놓은 거적을 들추는 어머니의 손길은 파르르 떨고 있었다. 땅바닥에 질펀하게 고여있는 핏물 사이로 아버지의 하얀 얼굴이 보였다.

언뜻 본 얼굴은 처참한 모습과는 달리 평화로워 보였지만 팔다리가 잘린 몸체 때문인지 왠지 어색했다.

자유란 확실히 어색하고 부자연스런 감이 있지만 결국 평화로운 것이라고 생각했다. 사지 잘린 아버지의 평화는 마치 여자가 그렸던 억압에서 벗어나려고 몸부림치는 팔 잘린 비너스를 연상케 했다.

어둑해 질 무렵이 되어서 공원을 내려왔다. 공원을 내려오며 언젠가는 시간을 내서라도 공원을 한 바퀴 돌아야겠다고 생각했다.

항구 쪽으로 걸었다. 항구에는 늘 바람이 머물러 있는 곳이기도 하다. 항구에 들어가 물이 가득 들어와 있는 강물을 바라보고 있었다. 조명등에 비친 강물의 색은 하얀색이었다.

한동안 강물에 얼굴을 비춰보고 소용돌이치고 있는 강물 속을 들여다보았다. 사람들은 아무것도 보이지 않는다고 하지만 집중하여 바라보고 있으면 그곳에는 무엇인가가 움직이는 것을 볼 수가 있었다.

집중하고 있을 때 깊은 강물 속에서 얼굴을 내민 돌고래가 웃으며 다가왔다. 포구로 돌고래가 들어오는 일은 좀처럼 없지만 동수의 눈에는 분명하게 돌고래가 보였다.

깜짝 놀라 뒤로 물러서 돌고래의 모습을 바라보자 돌고래는 바로 앞에서 뛰어올라 물보라를 만들었다.

돌고래의 행동은 어디선가 조련사에게서 익힌 기술이었다. 물속에서 뛰어올라 360도 회전을 하며 물속으로 떨어졌다. 멀리서 다시 뛰어오른 돌고래는 꼬리로 헤엄을 치며 몸통을 물 밖으로 내밀었다. 얼른 손을 들고 재미있다고 표현을 해주었다.

돌고래는 꼬리로 헤엄을 치며 안벽 가까이까지 다가와 얼굴을 보여주었다. 슬픈 모습의 제돌이었다. 제주도 근해에서 어부의 그물에 걸려 서울로 올라갔던 그 돌고래였다.

"너 제주도에 되돌아갔잖아."

말을 들었는지 슬픈 모습을 하고는 물속으로 들어가 버렸다.

환경단체들의 항의로 다시 그물에 걸렸던 그 바다에 풀어놓았는데 왜 이곳으로 왔을까 하는 의문을 품게 하였다. 그것을 말해볼까 하여 계속 기다렸는데 그 후로 나타나지 않았다.

제돌이를 기다리고 있을 때 강 가운데에서 검은 물체가 서서히 다가왔다. 하구에 묶여있던 푸른 멍텅구리배였다. 자세히 보니 대나무숲에서 보았던 치심암이 푸른 멍텅구리배로 변하여 다가오고 있었다.

기동장치가 없는 푸른 멍텅구리배는 천천히 미끄러지듯 다가와 안벽에 몸체를 기댔다. 갑자기 푸른 멍텅구리배에서 사람들이 기어 나오고 주변이 시끄러워졌다. 사람들의 모습은 정상적인 행동들이 아니었다. 자세히 보니 광인들이었다.

자리를 피해 다시 소공원 쪽으로 발길을 돌렸다. 소공원에는 밤이 깊었는지 아무도 보이지 않았다.

늘 앉아 있곤 하던 돌의자에 앉아 하늘을 바라보았다. 별들이 반짝이며 자꾸만 아래로 내려오고 있었다.

별들은 가까운 강물 위에도 떨어졌고 공원에도 떨어졌다. 새벽이 오고 있었다. 늘 시퍼런 새벽은 동쪽부터 찾아왔다.

며칠 동안 심사숙고한 끝에 결정한 일부러 사고를 가장해 보기로 한 일이 수포로 돌아간 후 매사에 힘을 잃고 자괴감 속에서 살았다. 계획을 성사시킬 수 없는 자신이 한없이 나약한 존재라고 생각했다.

아침부터 세밀하게 관찰하는 일을 그때부터 수를 줄여 간간이 관찰하게 되었다.

그 일이 있은 후부터 망원경으로도 바라보기가 싫었다. 그런 속에서도 마음을 위안시켜 주는 한 가지는 건너편의 여자가 관심을 보이고 있다는 증거를 잡았다는 거였다.

그 증거는 거실에 있지 않거나 블라인드로 거실을 가리면 그림 그리기를 중단한다는 거였다.

그러던 어느 날 그림 그리는 일, 거실 끝에서 밥을 먹는 것과 독서하는 것까지 똑같은 시간에 하고는 외출할 시간이 되자 외출복으로 갈아입었다.

외출하기 전 달력에 붉은색으로 헌혈 표시를 해 놓은 곳에 실행했다는 표시로 검정 사인펜을 들어 '*' 표시를 해 놓고 집을 나섰다.

아파트를 나서려다 보름 만에 한 번씩 헌혈하고 있다는 것을 아내가 알면 어떤 반응을 보일까 하고 생각했다.

알아도 취미로 삼고 있는 유일한 일을 하지 말라고는 않겠지만, 아내에게는 말하지 않겠다고 다시 한 번 다짐하고 그동안 모아놓은 한 줌이나 되는 헌혈증서를 꺼내 세어보고는 아내가 보지 못하도록 검은 비닐봉지에 넣어 신발장 뒤에 쑤셔 박았다.

아파트 정문을 막 빠져나가 차들로 분주한 한길을 횡단했다. 얼마 동안 걸어 길 건너 보도블록 위에 오르자 정문 쪽에서 여자의 차가 좌회전하려고 방향등을 깜박이는 것이 눈에 들어왔다.

잠시 후 신호등이 바뀌자 깔끔한 여자의 차가 천천히 움직였다. 그 자리에 서서 차가 차량들의 물결 속으로 섞여 가는 것을 멍청히 바라보았다.

영동으로 들어서자 마치 다른 곳으로 들어와 있는 것처럼 많은 사람들이 북적댔다. 많은 사람들이 북적댈 때면 으레 더욱 한기를 느꼈고, 혼자라는 생각이 들면 한기가 더욱 느껴졌다.

으스스한 한기가 아스팔트 위로 내려왔다. 사람들은 한기를 두려워하거나 떨지 않았고 오히려 더 즐기는 것 같았다.

사람들 틈을 지나 헌혈의 집에 당도했다. 집에서 헌혈의 집까지 걷는 동안 헌혈의 집과 헌혈 이외의 것은 어떤 것도 생각하지 않았다.

오직 몸속에서 자기 마음대로 움직이게 하고 있는 어떤 인자들이 빠져나가야 한다고 생각하며 걸었다. 그 생각을 할 때에는 곤충에 기생해 신경계를 자극하는 연가시가 생각났다.

언제나 그랬듯 이층으로 오르니 발짝 소리를 들은 긴 머리의 여자가 문을 열고 나왔다. 지금껏 그 여자의 얼굴을 자세히 본 적이 없었다. 다만 그녀의 태도나 자태로 봐 삼십대 중반이라는 것을 느낄 뿐이었다.

"오셨어요."

긴 머리 간호사가 환한 미소를 지으며 문을 열어주었다.

"어머, 오셨어요?"

헌혈의 집으로 들어서자 짧은 머리의 간호사가 다리를 꼬고 앉아 손톱을 손질하다 반갑게 맞이했다.

"어서 오세요."

간호사 뒤쪽 창가에서 무언가 기록하던 남자가 일어서며 고개를 숙여 인사하고, 기계적으로 시트 쪽으로 걸어가 침구를 정리했다.

웃옷을 벗어 긴 머리의 간호사에게 넘기고 시트 쪽으로 걸어가 능숙하게 침대에 누워 한쪽 팔을 짧은 머리의 간호사에게 맡기고 눈을 감았다.

옆모습으로 보이는 긴 머리의 간호사 얼굴이 낯이 익어 보였다. 간호사를 어디서 보았는지 기억을 더듬다 잠이 들었다.

"아저씨 주무세요?"

감미롭고 촉촉한 음성. 꿈으로 치부했다.

"아저씨?"

긴 머리 간호사가 다시 한 번 말하자 그때서야 꿈이 아님을 느끼고 눈을 떴다.

"주무시는데 미안합니다."

정중하게 말했다.

"아닙니다. 웬일이죠?"

그동안 한 번도 없었던 행동이었다.

"이런 말이 실례가 될지 모르겠으나 꼭 15일마다 피를 뽑는 이유가 무엇인지 알고 싶어서요. 선생님은 15일이 되면 꼭 이 시간에 이곳에 오시니 더욱 궁금해요."

작정을 했는지 의자를 옆에 놓고 앉아 있었다.

"나보다 못한 사람들을 위한 거죠."

눈을 감고 잠시 생각하다 아무렇게나 말한다는 것이 남들을 위한다고 말을 해버렸다.

갑작스런 변명을 되새기고 웃음을 참지 못했다. 언어의 해체를 주장하던 라캉의 말이 떠올랐다.

자신보다 못한 사람이 있을까? 사회생활에서는 항상 뒷전으로 밀려난 지 오래고, 집에서도 가족의 일원으로 대접받지 못한지가 오래며, 한 집에서 살지만 아내의 살냄새를 맡아본 지가 벌써 이 년째고, 다용도실을 방으로 꾸며 집안에서 가축처럼 산 지도 이 년째다. 이보다 못한 사람을 위해 피를 뺀다? 소가 웃을 일이었다.

"훌륭하십니다."

존경한다는 듯 바라보았다.

"피를 뽑으면 또 생성되는데 이것이 그렇게 소중한 일인가요. 어느 연구자는 주기적으로 이렇게 헌혈을 하면 건강에 이롭다고 말하였어요."

논리성 없는 말을 하고 웃었다.

"아저씨 왜 웃으세요?"

속으로만 웃었다고 생각했는데 밖으로까지 표출됐다는 것에 당황했다.

"예?"

"웃지 않으셨어요."

"표정이 그랬어요."

"아저씬 피 뽑는 걸 즐기시는 것 같아요."

"그런 사람도 있나요?"

"그러니까 특이하죠."

그렇게 말한 간호사는 한동안 뭔가를 생각하는 눈치였다.

"아저씨 술은 하세요?"

잠시 생각하다 고개를 끄덕였다.

"오늘 제가 한잔 사고 싶은데……"

그렇게 말한 간호사가 의중을 살폈다.

갑작스럽게 거머리 같다는 느낌이 들었다. 자신에게서 무엇인가를 알아내려고 수작을 부리는 것처럼 느껴졌다.

"언제요?"

"오늘 8시쯤요. 앞 칸타빌레라는……"

"알았어요."

어떤 것을 알아내려고 하는지 궁금하여 대답했다.

말이 쉽게 떨어지자 긴 머리의 간호사가 의외라는 표정을 지으며 일어섰다. 대답을 너무 쉽게 했나 생각하며 눈을 떠 간호사의 뒷모습을 바라보았다.

어떤 것을 요구할지 모를 일이지만 오랜만에 또 다른 인생의 추억거리에 이정표를 찍는구나라고 생각했다.

비닐 팩이 제법 퉁퉁하게 부풀어 올라있었다.

짧은 머리의 간호사가 다가와 긴 머리의 간호사와의 약속을 알기라도 한 양 의미심장한 미소를 보냈다.

팔에서 주삿바늘을 빼든 간호사가 비닐 팩을 보관실로 가져가고 긴 머리의 간호사는 아무 일도 없었다는 듯 옷을 가져왔다.

창가에 앉아있던 남자는 능숙하게 시간에 맞춰 헌혈증서를 내밀었다. 절묘한 세 사람의 조화였다.

밖으로 나와 칸타빌레라는 간판을 확인하고 시간을 맞추기 위해 시내 쪽으로 향했다.

벌써 햇빛이 누워 가느다랗게 실을 뽑고 있었다. 간간이 회색 빌딩 벽에 걸려있는 간판에 햇빛이 반사되어 걸음을 옮길 때마다 눈을 시리게 했다.

8시까지 기다리려면 아직도 몇 시간을 더 있어야 했다. 그냥 집으로 들어가 버릴까 생각도 했지만 간호사가 자신을 어떻게 생각하고 있는지 알고 싶어 꼭 만나야겠다고 생각했다.

도심을 몇 바퀴 돌았으나 8시까진 아직 한 시간도 더 남아있었다. 시간의 개념이 일에 따라 달랐다.

하루해가 짧다고만 생각한 것이 그간의 생각이었지만 오늘의 한 시간은 하루보다도 더 지루했다.

어둑해진 공원으로 발길을 돌렸다. 꽃샘추위 때문인지 공윗길에는 사람들이 없었다. 바람이 세차게 불어댔으나 간호사와 만날 일 때문인지 추위가 느껴지지 않았다.

월명산 중턱에 이르자 앞이 탁 트인 어둑한 금강이 보이고, 가장자리로부터 회색빛 갯벌이 드러나 번들거렸다.

강줄기의 중앙에는 하얗게 선을 그린 강물이 긴 곡선을 그리고 있었고, 그곳으로 차츰 짙은 어둠이 내려앉았다.

더 올라갈 필요를 느끼지 않아 균형 감각이 없게 조형된 파월기념탑에 기대앉아 시간을 기다렸다. 시간이 지남에 따라 소나무 숲에서 멧비둘기가 구슬피 울어대고 있었다.

바람소리 끝에 신음소리 같은 음성이 조그맣게 들려왔다. 귀를 기울이고 그 소리의 출처를 확인했다.

분명 그 소리는 기념탑 근처에서 들리는 소리였다. 다시 신경을 곤두세워 그 소리를 따라갔다.

기념탑에서 들리는 소리 같았다. 육중한 몸매를 자랑하고 있는 부조물에 귀를 밀착했다.

기념탑 안에서 그 소리가 들리는 것 같았다. 갑자기 머리가 서는 느낌을 받으며 팔소매를 반쯤 접고 사천왕상을 한 부조된 병사를 바라보았다.

그럴 리 없다 생각하고 기념탑 뒤로 살금살금 다가갔다. 그곳에는 검은 물체가 부조물을 받치고 있는 화강석 턱에 앉아 있었다.

푸른 멍텅구리배

검은 물체를 자세히 바라보았다. 분명 사람이었다. 그곳에는 한 사람이 술병을 들고 어둠이 눅눅히 잠들어 있는 강을 내려다보고 있었다.

이런 날씨에 이곳에서 혼자 앉아 술을 마시는 사람이 궁금하여 그 사람 곁으로 다가가 사람이 있다는 표시로 헛기침을 했다. 막 병나발을 불려던 사람이 깜짝 놀라 올려다보며 말했다.

"당신 누구요?"

남자는 누더기를 걸치고 있었고 얼굴은 알아보지 못할 정도로 검었다.

"전 이곳에서 쉬고 있었던 사람입니다만……"

떨면서 말했다.

"여긴 내가 지키고 있는 곳인데……"

귀찮다는 행동이었다.

"지키고 있다니요."

그 사람을 뚫어져라 바라보았다.

"못 알아듣겠소?"

그 사람이 신경질적으로 말했다.

"그럼 이 파월기념탑이 당신거란 말입니까?"

지지 않으려고 대들었다.

"그렇소. 그러니까 이렇게 지키고 있는 것이 아니요."

남자의 모습을 자세히 바라보았다. 모습과 목소리는 칠십

대로 보였지만 거지나 다름없었다.

"이런 추위에 이런 곳에서 잠을 자면 얼어 죽기 딱 좋아요. 아래로 내려가시오."

걱정이 되어 말했다.

"상관 마오. 이곳은 내 구역이고 내 집이니. 그렇게 서있지 말고 이리 앉으시오."

끈덕지게 말을 걸어오자 남자가 꿈틀거려 앉을 만한 자리를 만들며 말했다.

조심스럽게 남자 옆으로 다가가 앉았다.

"자 한잔 하시겠소?"

소주병을 내밀었다.

"고맙소."

건네준 소주를 받아들고 병나발을 불었다.

"나는 월남에 갔다 온 사람이오. 당신은 군대 갔다 왔소?"

그렇게 말하는 남자의 표정을 어두워 확실히 볼 수 없었으나 먼 곳에서 차량의 전조등불이 흘러들 때마다 깊숙이 패인 눈이 유난히 반짝거렸다.

"그런데 이 시간에 왜 이렇게 앉아 있소?"

"그럴 일이 있소. 이제 손님 접대도 한 것 같은데 자리를 피해주면 어떻겠소."

부탁하듯 말했다. 여자와의 약속이 떠올라 그 자리를 피해

푸른 멍텅구리배

주려고 일어섰지만 남자가 걱정되었다.

"이곳은 추운 곳이오."

"다 알고 있어요."

귀찮게 하지 말라는 투였다.

"다시 찾아오겠소."

인사 겸 그렇게 말하고 파월기념탑에서 내려왔다.

시내의 후미진 곳을 걸어도 파월기념탑의 주인이라던 남자가 자꾸만 떠올랐다.

넝마 같은 옷을 걸친 그 남자의 정체가 무엇인지 창고가 있었던 공원에 쭈그리고 앉아 남자를 불러내려고 머릿속으로 집중을 하였다.

나타나 주지 않았다. 하지만 알 수 있는 한 가지는 그가 염력이나 초능력이 통하지 않는 사람이라는 것이다.

스스로 그런 하급 인간하고는 통하면 뭐하겠느냐 생각하며 생각들을 합리화하였다.

여자가 어떤 사람인가를 생각해 보기 위해 치심암 쪽으로 향했다. 치심암에 들어가는 대나무밭에 이르자 녹색 물결이 넘실대고 있었다. 대나무밭에 들어서자 마치 파도소리처럼 쏴쏴 하고 물결이 아우성쳤다. 늘 숨어서 보이지 않던 치심암의 지붕이 파도 속에서 언뜻언뜻 보였다.

불당에 들어서자 시끄러웠다. 어릿광대들이 누군가 배에

올라탔다고 자기들끼리 낄낄댔다. 어릿광대들의 중심에는 부처가 앉아서 그들의 떠들어대는 이야기를 들으며 묘한 웃음을 지었다. 눈을 크게 뜨고 금빛으로 얼룩져 있는 부처 앞에 꿇어앉았다. 어릿광대들의 이야기가 끊임없이 이어지자 이곳에서 여자에 대한 이야기는 꺼낼 엄두도 나지 않았다. 암자 밖에서는 대나무의 푸른 물결이 아우성치고 안에서는 어릿광대들의 소음 때문에 귀청이 터져나갈 것 같았다.

"시끄러워!"

귀를 막고 고함을 질렀지만 그들의 웃음소리는 더욱 크게 귀에 박혔다. 부처는 그들의 소리를 그냥 듣기만 할 뿐 아무런 제지하지도 않았다.

문을 박차고 밖으로 나왔다. 대나무밭에 아우성치는 파도소리는 그치지 않았다. 한동안 대나무밭을 빠져나오려다 뒤를 돌아보았다. 파도에 움질거리는 치심암도 파도와 함께 마치 물 위에 떠있는 멍텅구리배처럼 출렁거렸다. 배의 갑판은 검은색이었지만 선체는 치심암의 얼룩진 벽처럼 푸른빛이 감도는 색깔이었다.

'푸른 멍텅구리배[2].'

조그맣게 그 말을 하며 치심암을 빠져나왔다.

---

2) 야곱 반 오이스트보렌. 브란트의 광인들의 배. 미셸 푸코 광기의 역사 51P(나남 출판사)

9

둥둥, 두둥둥······ 쾌쾌캥 팽자쾡······ 무당의 굿소리가 아직도 귀에 선하게 들리는 것 같다.

아버지가 죽고 이 년째 되던 해 술로 살던 어머니는 아버지를 죽게 했다는 자책감 때문이었는지 화해를 위해 해원굿을 하였다.

무당 앞에서 깃대를 잡고 있던 어머니는 몸부림치며 울었다. 아버지 귀신이 어머니에게 들어왔다고 했을 땐 잡고 있던 깃발이 심하게 흔들렸다.

무당은 해원의 굿판을 마치고 아버지가 어머니를 용서했다고 하였다. 그렇게 굿을 마친 어머니는 얼마 지나지 않아 자살로 생을 마감했다.

그땐 중학교 1학년에 들어간 지 채 한 달도 되지 않아서였다. 황사가 짙게 일던 어느 이른 봄날이었다. 친척이라고는 동네 어귀에 살고 있던 고모뿐이었다.

부엌에 매달린 어머니의 모습을 보고 고모가 살고 있는 집으로 달려가 어머니가 목맸다는 것을 알리자, 고모는 한달음에 달려와 모진 년이라며 눈물을 흘렸다.

어머니는 아버지가 죽고 난 후부터 말을 잃고 살다시피 하였다. 어두컴컴한 방안에서 밖으로 나오려 하지도 않고 술로 하루하루를 살았다. 어머니가 마지막으로 굿을 한 것도 죽기 위해 준비한 절차였다고 생각되었다.

어머니의 시신을 부엌에서 거둬들이는 반쯤 혼이 나간 고모의 이상스런 표정, 낫을 들고 서있는 엉거주춤한 그 표정이 이곳에 서있는 파월기념탑 같았다.

부엌 처마에 목을 매단 어머니의 시신이 고모가 매단 줄을 낫으로 치자 땅으로 떨어져 널브러졌다. 딱딱한 어머니의 시신은 땅에 떨어지면서도 딱딱하고 둔탁한 소리를 냈다.

시신 앞에서 눈물도 나오지 않았다. 고모 옆에서 무서워 떨기만 했다. 곧 뒤따라온 고모부는 이미 빳빳하게 굳어버린 시신을 끌어내어 방으로 옮겼다.

목이 늘어져있는 시신을 수습한 고모부는 누가 알까봐 그날로 아버지의 묘지 옆에 묻었다.

어머니가 그렇게 떠나가자 집엔 아무도 없었다. 어떻게 해야 할지 대책이 서지 않았다. 다행히 고모는 고모부와 상의해 고모 집에서 살 수 있도록 해주었다.

그때부터 고모 집에 얹혀살았다. 고모네 집은 오십이 다되도록 자식 없이 살고 있었기 때문에 그 일은 쉽게 결정이 되었다.

고모부의 눈초리를 피하기 위한 것도 있지만 달리 할 일도 없고 하여 연일 책 보는 일과 실상도 없는 망상 속에 살았다. 망상을 깊게 하는 날이면 망상이 현실처럼 느껴지곤 하였다.

그때 보았던 허상 같은 망상이 실재처럼 느껴질 때 느끼고 있던 것을 친구에게 말을 해보았지만 이야기를 듣고 이상한 모습으로 바라보기만 하였다.

그것이 망상이었다는 것을 안 것은 나중이었다. 성장하고 진단을 받았을 때 그때서야 망상이 어떤 것인지 알았다.

하지만 의사의 말이 귀에 들어오지 않았다. 실재를 말하는데 의사는 그것을 망상이라고 하였다.

어두컴컴한 방안에서 혼자서 망상을 현실처럼 즐기며 살다[3] 중학교 삼학년 때엔 정식으로 고모부의 호적에 오를 수 있었다. 그때 망상을 하며 느꼈던 것을 고모부에게는 한마디도

---

3) 증상의 즐김. 라캉의 이론. 조현병 환자들이 증상을 즐긴다고 함.

하지 않았다.

자꾸만 현실 같은 증상들 때문에 견디기 힘들었어도 현실 감이 없는 이야기라고 스스로 치부하며 살았다.

아버지의 성씨가 아닌 고모부의 성씨를 딴 그때의 서먹한 기분을 잊을 수 없었다.

십수 년 동안 이름 앞에 박이라는 성을 달고 살았지만 법적 절차를 마친 고모부는 교복에 붙은 이름표를 뜯고 자기 성씨 와 같은 김씨를 붙여주었다. 선생님도 출석부에 적혀있는 박 씨를 붉은색으로 지우고 김씨로 고쳐놓았다.

몇몇 친구들은 성이 바뀐 것에 대하여 의아한 눈초리로 명 찰을 바라보았다. 아이들의 눈초리 때문에 한동안 아무하고 도 어울리지 않았다.

고모는 연일 방으로 건너와 '인자 너는 김씨 집안의 장손인 거여' 라며 손을 잡고 한참 동안 이야기를 했다. 그때마다 고 모부는 안방에서 고모가 하는 말을 들으며 헛기침을 했다.

고모부의 기침소리가 언젠가 만화영화로 보았던 어두운 동 굴 속을 지키는 사나운 회색 곰의 숨소리 같이 거칠게 들렸 다.

공원길에 한 쌍의 젊은이가 지나갔다. 남자 곁에 바짝 다가 선 여자가 춥다며 남자 가슴팍으로 파고들고, 남자는 비척거리며 여자를 안고 걸음을 옮겼다.

어둠이 짙어질수록 바람이 세차게 불어왔다. 하늘에는 별무리들이 여러 형상을 하며 지도를 그리고 있었다. 그 별무리는 마치 얼음조각을 산산이 부수어 길거리에 쏟아놓은 것 같았다.

7시 30분이 지나자 약속 장소가 있는 쪽으로 향했다. 하늘의 별무리처럼 거리의 불빛도 차갑게 얼어붙어 길거리에 쏟아냈다.

칸타빌레라는 카페 앞에 도착하여 한참 동안 망설인 끝에 안으로 들어섰다. 어두컴컴한 실내 분위기, 보름달 같은 실내등에서 뿜어져 나오는 연한 연주황빛이 마치 어둠을 밝혀주지 않고 오히려 빛을 빨아들이는 형상을 하고 있었다.

어두컴컴한 실내 분위기 때문에 아무것도 보이지 않아 문주위에 서서 두리번거렸다. 그때였다. 구석진 칸막이 안에서 희미하게 커튼이 열리는 것이 보였다.

"여기에요."

주위의 어둠이 갑자기 쫙 소리를 내며 찢어지는 것 같았다. 다른 테이블에서 술을 마시던 사람들의 시선이 집중되었다.

여러 무리들의 시선을 의식하며 여자가 기다리고 있는 곳으로 들어갔다.

일어서며 반갑게 맞이했다. 갑작스럽게 등불에 비친 얼굴이 헌혈의 집에서 보았던 것과는 전혀 다른 이상스런 느낌을 줬다.

여자는 변화가 심하다는 것을 생각하며 집에서 늘 관찰하던 여자를 생각했다.

"많이 기다리셨나요?"

테이블 위에는 빈 맥주병 몇 개가 있었고, 둥근 꽈리 모양의 술잔엔 보리차 색깔을 띤 노란색 맥주가 한잔 가득 담겨있었다.

아랑곳하지 않고 자기가 마시던 맥주잔을 집어 들었다.

"약속시간이 8시 아니었나요."

시계를 보며 자신이 늦지 않았다는 것을 간접적으로 말했다.

"시간이 남아 빨리 들어왔죠, 마땅히 갈 곳도 없고……"

술잔에 담긴 술을 다 마시고서야 말했다.

"저도 시간을 맞추느라 이곳저곳 돌아다녔는데……"

그렇게 말을 하고 있을 때 앳된 남자 웨이터가 커튼을 들추고 들어왔다.

검은색 양복에 흰 와이셔츠. 앳돼 보였지만 술잔을 내려놓는 솜씨나 매너는 능숙한 솜씨였다.

웨이터는 고개를 깊숙이 숙였다. 그의 하얀 목덜미엔 복숭아털이 보이고 등불을 받지 않아서인지 피부 색깔도 눈부실 정도로 희였다.

"한잔하시죠."

빈 잔에 맥주를 따르며 말했다. 맥주잔에 거품이 넘쳐 잔을 타고 내려왔다.

"왜 술 못하세요?"

한참 동안 술잔만 바라보고 있자 말했다.

얼굴을 한차례 바라보고 잔을 들었다. 익숙한 음악소리가 들렸다. 아무 생각 없이 익숙한 음악소리 속으로 빨려 들었다.

"가곡을 좋아하나 보죠?"

음악에 취해있는 모습을 바라보며 말했다.

실로 오랜만에 들어보는 음악이고 평화로움이었다.

음악을 좋아했다. 대학에 다닐 때엔 음악을 하는 음악 감상 모임에 들어가 활동한 적도 있다. 그때부터 음악 중에서도 행동과 언어들이 수반된 오페라음악을 좋아했다.

음악을 들으면서 상상할 수 있는 오페라 음악은 눈을 감고 있어도 주인공들이 훤히 보이는 듯했다.

매일 똑같은 삶이 연속된 사각 박스 같은 아파트에선 평화와 자유는 존재하지 않았다.

고립이라는 단어는 자유와 평화라는 모든 단어마저 삼켜버렸다. 고립을 독소라 생각하고 독소를 없애기 위해 음악을 들었었다.

"오페라를 좋아하죠."

"이 노래를 알아요?"

"이 노래도 오페라의 일부니까요."

눈을 감고 생각에 잠겨있었다.

칙칙하고 어두운 공간에서 평화를 느끼는 이유가 무엇인가? 눈을 감고 있는 여자를 바라보며 음악 속에 여자를 넣어보았다. 얼굴이 술기운 때문인지 잘 익은 복숭앗빛을 하고 있었다.

"오늘 언제까지 시간을 내줄 수 있나요?"

눈을 감고 있던 여자가 말했다.

"원하는 시간이 언제까진데요."

말한 의도가 어디에 있는지 알 수 없는 일이지만 시간을 맡겨 보리라 생각했다.

"오늘까지 헌혈의 집 자원봉사를 마쳤어요."

눈을 뜨고 똑바로 바라보며 말했다.

"자원봉사요?"

"예?"

"얼마 동안 했는데요?"

"벌써 오 년……"

머뭇거리다 술잔을 들었다.

밤이 깊어가자 홀 안이 한적했다.

커튼 틈으로 보이는 웨이터는 몸을 테이블에 기댄 채 규칙적으로 다리를 떨고 있었다.

"웨이터."

웨이터가 깜짝 놀라며 두리번거렸다.

"여기요."

웨이터가 달려왔다.

"부르셨습니까?"

"테이프를 처음부터 다시 돌려주세요. 그리고 여기 맥주 몇 병 더 주고요."

여자는 좋아한다는 곡을 다시 틀기를 원했다. 그동안 친절이 몸에 맞아서인지 미안할 정도로 친절했다.

"헌혈의 집을 떠나기 전에 아저씨와 꼭 술 한 잔 하고 싶었어요."

술 취한 음성으로 말했다.

"왜요?"

"다른 사람들과는 달라서죠. 지난주에 그만두기로 했었는데 아저씨를 만나 뵙고 그만두려고 일주일을 더 기다렸죠."

"저 때문에 일주일씩이나."

궁금해하는 것이 무엇인지 궁금했다.

"네."

테이블에 다가앉으며 말했다.

"무엇 때문이죠?"

"헌혈의 집에 있을 때 아저씨처럼 15일에 한 번씩 정확한 시간에 나와 피를 빼는 사람은 없었어요. 15일이면 아무렇지도 않다고는 하지만 사람의 몸에서 혈장을 500CC씩이나 뽑아내니 아무리 성한 사람도 무리가 따르지요."

"하지만 72시간 정도면 괜찮다고 했지 않소."

"그렇기는 하지만……"

여자는 말끝을 흐렸다. 고도로 숙련된 말쟁이라고 생각하며 경계를 풀지 않았다.

"참 내 이름도 말하지 않았네요. 이름은 김은아 이제 서른을 갓 넘겼죠."

이름까지 기억하고 싶지는 않았다.

거만스럽게도 얼굴을 빤히 바라보며 소개를 기다렸다. 그럼에도 나이나 이름 따위가 싫었기 때문에 말을 바꿨다.

"기술도 참 좋아요."

갑자기 무슨 뜻인지 몰라 어리둥절했다.

"헌혈하는 곳 말이에요."

"헌혈의 집요?"

"어떻게 피 중에서 혈장만 그렇게 뽑아내는 건지……"

그렇게 말하고 여자의 의중을 살폈다.

벌써 눈 주위가 취기로 붉게 물들어있고, 그 속에서 눈동자가 섬뜩하도록 빛을 발하고 있었다.

자신의 모습을 감추려고 부드럽게 이야기를 바꿨다. 자기의 삶을 이야기하며 자기에게 관심을 보여달라는 애걸이랄까? 카페 안은 조용한 음악이 어둠을 애무하고 있었다.

눈길을 피해 술잔으로 눈을 돌렸다. 여자는 거푸 술을 혼자 따라 마시고 그때마다 술을 권했다.

"제가 이름을 밝혔으니 선생님도 이름을 밝히는 것이 순서 아닌가요."

"그랬나요, 제 이름은 헌혈의 집에서 알았을 거라 생각했는데…… 이름은 김동수 동녘 동 물 수. 나이는 서른다섯. 이제 됐습니까?"

"호호호……"

갑자기 간드러지게 웃었다. 지금껏 보아왔던 여자의 이미지와 전혀 다른 웃음이었다. 불쾌했다.

맥주로 목을 축인 다음 홀 쪽으로 눈길을 돌렸다. 손님들이 언제 다 떠났는지 홀 안은 텅 비어 있고, 웨이터가 무료한지 테이블에 앉아 음악에 맞춰 손끝으로 테이블을 두드리고 있었다.

그의 흰 손가락이 어두운 공간에서도 투명할 정도로 하얗고 확실하게 보이고 그 딱딱한 소리는 흘러나오는 음악소리

속에 침투되어 화음을 이루고 있었다.

"김 선생님은 이런 술집이 처음인가요?"

똑바로 바라보았다.

"그렇지 않습니다."

다시 바라보았다. 긴장 풀린 태도가 훨씬 나아 보였다. 잔을 드는 손길이 조그맣게 떨렸다.

"김 선생님 이제 그만 나가요."

일어서며 비틀거렸다. 애써 자신의 취한 모습을 보이지 않으려고 자세를 바로잡아 보았지만 얼마 견디지 못하고 휘청거렸다.

"웨이터."

소리치자 테이블 앞에 앉아있던 웨이터가 공이 튀어 오르듯 달려왔다.

"여기 계산서 가져와요."

웨이터는 취해있음을 감지했는지 묘한 웃음을 보내고 사라졌다.

"앉아서 기다리는 것이 나을 것 같네요."

몸이 시계추처럼 흐느적거리는 모습을 보고 말했다.

"나가야지요, 여길 벗어납시다. 이런 공간은 이제 지겨워요."

겨우 말했다.

웨이터가 계산서를 가져와 여자에게 건네고 숄더백에서 돈을 꺼내자 웨이터가 동수를 바라보며 다시 한 번 미소를 보내왔다.

웨이터의 묘한 웃음이 무엇을 상징하는지 잠시 생각해 보았다. 팁을 달라는 건지 아님 좋은 건을 올려 축하한다는 건지 도무지 분간이 서지 않았다.

어린애 같은 웨이터의 묘한 웃음이 씁쓸하게 여운을 남겼지만 더는 생각하지 않고 칙칙한 홀을 빠져나와 거리로 나왔다. 비틀거리며 목을 끌어안고 매달렸다.

"어디로 모셔야 되지요?"

"아무 곳으로나 가요."

몸에 낙지처럼 붙어있었다. 밀착할수록 손끝이 마치 낙지의 빨판 같다고 생각했다. 밤이 깊어 거리가 한산했다. 어두운 그늘을 지날 때 더욱 세차게 끌어안으며 말했다.

"선생님 아무 곳으로나 가요, 더는 걷지 못하겠어요."

목소리가 귀에 뜨겁게 달라붙었다. 뜨거운 숨소리가 귓가에 스칠 때마다 온몸에 전율이 일었다.

그 와중에도 여자는 이리저리 끌고 다니며 자기가 생각하는 곳으로 안내했다. 취중에 안내하는 대로 따라가던 골목으로 들어서자 그 자리에 서서 골목의 안쪽을 바라보았다.

양 벽은 어둠 때문에 아무것도 보이지 않았고, 골목 끝 쪽으로 여관의 출입구만 은은한 붉은 불빛에 노출되어 보일 뿐이었다.

여자는 흐느적거리면서도 달라붙어 골목 끝으로 몸을 움직였다. 행동에 따라주지 않고 골목 끝만 바라보고 있자 숨쉬기가 곤란할 정도의 힘으로 몸을 조였다.

할 수 없이 끌려가듯 암흑 같은 골목길을 힘겹게 걸어 들어갔다. 희미한 불빛은 발걸음을 옮길 때마다 눈앞으로 다가와 보이고, 그 불빛은 빛을 빨아들이는 것처럼 온몸을 빨아들이는 것 같았다. 이윽고 여관 앞에 도착하여 문을 밀치고 들어서자 안심이 되는지 다리에 힘을 뺐다.

테이블 앞에 졸고 있던 주인 여자가 문소리에 깜짝 놀라 바라보았다. 동수에게는 특별한 날이고 특별한 행동이었으나 주인 여자는 늘 있어 온 일처럼 바라보았다.

"1시가 넘었으니 놀다가는 방은 없어요."

주인 여자는 사무적이면서 명료하게 말하고 하품을 한차례 했다. 여관비를 계산하는 동안 높은 탁자에 얼굴을 묻고 중심을 유지하고 있었다.

주인 여자가 여자를 바라보며 엷은 미소를 보냈다. 주인 여자의 웃음 속에서 이곳에서는 특별할 것도 없는 으레 있어 온 행동들이라는 것을 간접적으로 말하고 있었다.

침대에 뉘자 잠시 찡그린 표정을 짓더니 엎드리며 부드러

　　　　　　　　　　　　　　　푸른 멍텅구리배

운 하얀 침대보에 얼굴을 묻었다.

어떻게 해야 할지 잠시 망설였다. 언젠가 보았던 영화의 한 장면이 스쳐 지나갔다. 마구 옷을 벗기고 성욕을 채우던 남자의 억센 손이 클로즈업되어 나타났다가 사라졌다.

어깨선을 따라 둔부를 바라보았다. 마치 잘 익은 호박덩이처럼 부풀어 있었다.

더는 생각하지 말아야 한다고 혼잣말을 하고는 침대 밑에 쭈그리고 앉아 담배를 피워 물었다. 연기를 내 뿜을 때마다 여자의 나신의 모습이 그려졌다.

담배 한 개비를 다 태웠으나 움직이지 않고 그렇게 엎드려 있었다. 어떻게 해야 할지 어떠한 결론도 내리지 못하고 일어섰다.

창밖엔 무르익은 어둠이 퍼렇게 멍들어 쏟아져 내릴 듯했고, 그 생각 끝에 퍼뜩 집 생각이 났다. 집에선 아내가 기다릴지, 아니면 들어와 있는지조차 모르고 잠이 들어있는지, 여러 생각들이 하늘에서 떨어지는 우박처럼 우수수 쏟아졌다.

"뭐해요……"

침대에 얼굴을 묻고 있던 여자가 갑자기 몸을 모로 세우며 말했다.

헝클어진 머리카락 사이로 핏기 없는 창백한 얼굴이 섬뜩하게 다가왔다. 손을 뻗어 전갈의 촉수처럼 목덜미를 어루만졌다.

　전율이 등줄기를 타고 내려갔다. 촉수는 능숙하게 성감대를 훑고 지나갔다. 마치 저항할 수 없는 블랙홀 속으로 빨려 들 듯 천천히 그녀의 우주 속으로 빨려 들어갔다.

　깊은 그녀의 우물을 지나고, 그녀의 행위에 이끌려 카오스적으로 마음과 육체가 따로 움직였다.

　의도와는 전혀 상관없는 움직임. 모태 속 같은 여자의 우주 속에 취해갈 무렵 몸에 긴장이 풀리면서 한없는 평화가 밀려왔다. 아주 부드럽고 향긋한, 그리고 아내와 처음 합방했던 때와 같은 비릿한 젖냄새가 온몸 속으로 틈입했다.

　한차례 깊은 섹스를 마치자 어지러운 술기운이 와락 몰려들었다. 몽롱한 상태 속에 주체할 수 없는 졸음이 쏟아졌다.

　꿈속에서 또다시 개똥벌레가 보였다. 퍼런 불빛을 가진 수천마리의 반딧불이 방안으로 떨어졌다. 자꾸만 떨어지는 반딧불이 퍼렇게 물이든 채 방안을 밝혔다.

　숨이 막혔다. 퍼런 불빛 속으로 몸이 완전히 묻힐 즈음에 눈을 떴다. 방안에는 아무것도 없었다.

　가끔씩 지나가는 자동차 전조등 불이 방안으로 들어와 금을 그으며 지나갔다. 셔츠에는 식은땀이 흥건히 배어있었다.

10

익숙지 않은 잠자리에서 눈을 떠 옆으로 몸을 세우니 부드러운 살갗이 손에 만져졌다.

어제의 일을 기억하며 꿈속에서 있었던 일이라고 혼잣말을 했으나 그 일은 실제의 상황이었다. 분명 어제 만났던 간호사, 아니 자원봉사자라는 긴 머리의 여자가 옆에 있었다.

자리에서 일어나 앉았다. 등을 보이고 있는 모습이 눈에 들어왔다. 말총 같은 긴 머리가 풀어져 유방을 덮고 있고, 그 속에서 어렴풋이 뿌연 젖가슴이 보였다.

아무렇게나 버려진 옷을 주워 입고 서서 내려다보았다. 잠을 자고 있는 모습이 어제 보았던 모습과 달리 보였다.

전혀 다른 사람처럼 변해있는 여자를 뚫어져라 바라보았다. 얼룩진 화장 때문인지 얼굴의 피부가 고르지 못했다. 어제의 모습은 청순하고 가련했었으나 누워있는 여자는 그것과는 정반대의 모습이었다.

시선을 의식했는지 번데기처럼 몸을 꿈틀거렸다. 말을 하려 했지만 말의 실마리를 찾지 못하고 헛기침으로 깨어있다는 신호를 했다.

여자는 듣지 않았는지 그대로 있었다. 한참 동안 바라보다 혼자 있게 해달라는 것으로 인식하고 밖으로 나왔다.

밖은 짙은 안개로 몇 미터 앞도 보이지 않았다. 아무도 볼 수 없다는 생각이 들자 발걸음이 가벼웠다. 생각은 빨리 골목을 빠져나가야 한다는 생각뿐이었다.

어제 지나온 골목이 어제와는 아주 딴판으로 바뀌어있었다. 깊고 좁기만 하던 동굴 같은 골목은 승용차 한 대쯤은 들어갈 수 있는 그런 골목이었다. 은은하게 붉은 불빛이 아롱져 있던 여관 입구는 초라한 유리문뿐이었다.

건물의 색깔은 그곳과는 전혀 어울릴 것 같지 않은 무늬도 없고 치장도 하지 않은 회색빛 빌딩이었다.

작은 슬레이트집 사이에서 혼자 둔중하게 덩그러니 앉아있는, 어딘지 중압감이 느껴지는 그런 건물이 안개 속에 모습을 숨기고 있었다. 건물의 중압감을 느끼며 빠른 걸음으로 골목을 빠져나왔다.

짙은 안개 속의 도심은 음향도 없었다. 도심의 중앙을 가로지르는 자동차 또한 자기 소리를 내지 않았고, 갑자기 나타나는 새벽을 여는 사람들 역시 침묵 속에 굳은 얼굴로 스쳐 지나갔다. 안개의 도심은 꼭 무인도 같았다.

텅 빈 집으로 들어와 소파에 앉았다. 어제의 일들이 영화의 한 장면처럼 스쳐 지나갔다.

눈을 감고 어제의 일을 생각하며 얼굴을 붉혔지만 그것이 살아있음을 확인한 행동이라고 스스로 해석하며 마음속으로 자기를 합리화했다.

아내는 아무런 쪽지도 남기지 않았다. 집에 들어오지 않았다는 원망이나 걱정 따윈 이미 오래전부터 없어진 것이 사실이었지만, 오늘은 더더욱 혼자라는 느낌이 들었다. 이 시간만큼은 아내보다 어제 만났던 긴 머리의 여자를 더 생각하며 눈을 감았다.

시간이 흐르자 주변은 순식간에 안개가 벗겨졌다. 망원경을 꺼내 앞 동을 살폈다. 10시가 넘었는데도 앞 동의 여자는 기척을 하지 않았다.

아무리 세밀하게 내부를 훑어봐도 소용없는 일이었다. 새 망원경을 사야겠다고 혼자 중얼거리며 흐린 망원경 탓을 했다.

30분이나 지났는데도 나타나 주지 않았다. 긴 소파에 누워 비몽사몽간에도 간간이 고개를 들어 앞 동을 살폈다. 끝내 망원경에 잡히지 않았다.

지난번 경비의 말이 떠올랐다. 한 달이나 두 달 걸러 한 번씩 온다던 여자의 남편이 온 것이 아닐까 하고 일본 남자 품에 안겨있는 여자를 상상했다. 돈 많은 일본 남자, 어쩌면 그 남자는 중년 남자가 아닐 수도 있었다.

어디서 들었던 이야기가 불쑥 떠올랐다. 돈 많은 일본 남자는 대부분 성도착증에 걸려있어 변태성욕의 늙은이들이라고, 그 생각이 떠오르자 불안해지기 시작했다.

자리에 고쳐 앉아 다시 망원경을 들고 앞 동을 샅샅이 뒤졌다. 거실에는 인기척이 없고 텅 빈 공간만 있을 뿐이었다.

앞집의 텅 빈 방바닥이 햇빛에 반사되어 번들거렸다. 늙은 일본인이 돈을 미끼로 우리의 정신을 빼앗아가고 있다고 생각하니 더욱 분개해지고 적개심이 발동했다. 저대로 놔둘 수 없다는 생각이 머릿속을 꽉 채웠다.

중얼거리며 일어섰다. '식민지로 우리를 유린하던 때의 꿈을 지금도 깨지 못한 거야, 대도라고 말하던 조씨가 오죽했으면 물 건너까지 가 그 지긋지긋한 일을 했겠어. 저래서 그런 거지' 종주먹을 불끈 쥐며 운동복 차림으로 갈아입고 아파트를 나섰다.

승강기의 단추를 눌렀으나 오늘따라 승강기는 더뎠다. 급할 때면 항상 늑장부리는 엘리베이터. 발끝으로 승강기의 문을 몇 번 차보고, 머리로 승강기의 문을 쿵쿵 찧어보았다. 어느새 도착한 승강기가 성난 사자처럼 입을 쫙 벌렸다.

아파트의 아침 공간은 항상 똑같은 상황만 되풀이되는 곳이다. 밤새 지친 경비들의 졸음, 몇 대 남지 않은 항상 주차해 있는 안면 있는 승용차, 주차장을 걸어 다니며 모이를 쪼는 비둘기, 아파트 벽에 기댄 햇빛, 고즈넉한 분위기……

302동 쪽으로 걸어가 경비실 옆을 지났다. 경비는 동수가 302동을 왜 찾아왔는지 눈을 끔벅거렸다.

그런 경비를 지나쳐 빠르게 계단으로 올라가 승강기 앞에 서서 생각 없이 승강기 단추를 눌렀다. 1층에 멈춰있던 승강기가 신속하게 입을 벌렸다.

승강기 안에서도 일본 사람에 대한 적개심이 발동했다. 승강기가 움직이지 않자 화가 치밀었다. 한참 동안 어떻게 해야 할까 당황하다 가야 할 위치를 누르지 않았다는 것을 생각하고 그때서야 7층을 눌렀다.

승강기는 오늘따라 너무도 천천히 움직였다. '그래 난 그 일본 놈을 혼내줘야 해. 지금이 어느 땐데' 그렇게 중얼거리며 조씨를 생각했다. '도둑이 오죽했으면 그랬으려고, 그래 권 아무개도 있었지 그자들도 어쩌면 나와 같은 생각을 해서 그렇게 됐을 거야' 라며 다시 중얼거렸다.

7층에 도착하자마자 초인종을 신경질적으로 눌렀다. 기척하지 않자 여러 번을 더 눌렀다. 무슨 일을 하고 있든 잠시 후면 나올 것이다 라고 생각하고 일본 사람을 기다렸다.

일본인이 먼저 나온다면 다짜고짜 따귀를 몇 대 갈겨주고는 이렇게 말하리라. '민족의 이름으로 응징한다' 만약 여자가 나오면 그 일본인을 보러왔다고 정중히 말하고 일본인을 부르러 들어가는 여자에게 민족의 혼을 그만 팔라고 외칠 것이다.

한참 동안 기다렸지만 안에서는 여전히 기척이 없었다. 여자가 대답하려고 해도 일본인이 문을 열어주지 않는 거라 생각하고 발로 세차게 문을 찼다. 그래도 기척이 없었다.

분명 일본인이 놀이 삼아 여자를 탐하고 있을 거라 생각하고 무방비로 당하고 있는 여자를 생각해 구출할 궁리를 했다.

마침 올라오면서 보았던 경비실 안의 경비가 떠올랐다. 얼굴은 부스스하고 나이도 있어 보여 힘쓸 것 같지는 않았지만 일본 사람의 못된 짓을 알게 되면 그 역시 분개할 거고, 그렇게 되면 둘이서 힘을 합해 그녀를 구출할 수도 있을 거라 생각했다.

승강기의 문을 열었다. 엘리베이터가 1층에 닿자마자 뛰어나가 경비실 문을 두드렸다.

턱을 고이고 졸고 있던 경비가 깜짝 놀라며 바라보았다. 경비에게 그동안 자신이 생각했던 이야기를 하자 경비는 이상한 눈으로 훑어보았다.

"그 여자 어제 들어오지 않았어요."

"예?"

"들어오지 않은 사람을 가지고……"

경비는 이상하다는 듯 자꾸만 위아래로 훑어보며 말했다.

"그걸 어떻게 알죠?"

"우린 여기서 근무하고 있기 때문에 이 아파트 내에서 일어나는 일들을 다 알 수 있어요. 그 정도는 돼야 경비지요."

그렇게 말하는 경비에게 의심의 눈을 풀지 않았다.

경비의 말을 믿지 않자 경비는 더욱 이상한 눈으로 훑어보았다. 자제력을 이미 잃은 상태였다. 이상한 눈으로 바라보던 경비는 귀찮은 듯 말했다.

"그 여자 차가 하얀 승용찬데 없지 않습니까?"

주위를 둘러보았다. 경비의 말대로 여자의 차가 없었다. 항상 여자가 주차해 두었던 자리엔 텅 비어 있었고, 주위를 둘러보아도 하얀색 승용차는 없었다. 들어오지 않았다는 경비 말이 맞다는 생각이 들자 몸이 움츠러들었다.

경비의 눈총을 받으며 집으로 돌아와 망상하지 말아야겠다고 다짐했다. 하지만 무슨 일 때문에 어제 들어오지 않았는지 궁금증은 자꾸만 커졌다.

가끔씩 혹시 돌아오지 않았는지 그녀의 거실을 훑어보았다. 꼭 있어야 할 것이 없어 흥분한 오늘은 피곤했다. 한 줌이나 되는 하얀 알약을 입에 털어 넣고 잠들기를 기다렸다.

오늘따라 잠이 들지 않았다. 정신이 더 맑아지는 것을 피부로 느낄 수 있었다.

갑자기 노인을 생각했다 그 노인의 말대로 수탈시대 때 지은 건물을 보수하고 있을까 하는 생각이 떠올라 더 이상 이렇게 누워있을 수 없었다.

자리에서 일어나 그리로 향했다. 자꾸만 눈꺼풀이 내려왔지만 그 건물을 보아야 한다는 일념으로 걸었다.

여러 적산가옥 중 관리가 잘 되지 않아서인지 유달리 많이 부서져 있는 곳이 그곳이고 그곳은 누구나 벽을 통해 출입이 가능했었지만 헐어진 벽을 보수한다면 큰일이 아닐 수 없었다.

가장 염려가 되는 것은 여자의 남편에 대하여 알고 싶은 것을 하나도 건질 수 없어 더욱더 상실감이 심했다.

적산가옥에 가까이 가자 노인의 말대로 보수를 진행하고 있었다. 분명 공원길 옆에서 불러 경제적으로 아무 도움이 없는 것을 뭐 하러 보수하느냐고 책망했고 그 말에 수긍을 하였는데 보수가 진행되고 있었다.

푸른 멍텅구리배

노인이 공사를 지휘하고 있는 것이 보였다. 천천히 바라보며 이야기할 틈을 노리고 있었다.

"보수를 하시는군요."

틈이 보여 말했다.

"네. 그런데 당신은 누구요?"

이상한 눈으로 바라보았다.

"지나가는 사람입니다."

"사람들이 들락거려서 보수를 해야 합니다. 어떤 놈이 이곳에 불을 질러 옆집까지 피해를 입는다면 다 내 책임이 될 것이고."

"그렇기야 하겠지만. 빈집에 누가 그런 짓을 하겠어요."

"사람 일은 모르는 겁니다."

노인의 모습이 오늘따라 고집스럽게 보였다.

분명 몇 번 보았음에도 노인은 처음 보는 사람처럼 대했다.

허탈했다. 그곳에서 일본 사람을 불러내야 소기의 목적을 달성할 수 있는데 이제는 다 틀린 일이 되어버렸다 생각하고 터덜터덜 공원길로 향했다.

공원을 오르며 노인을 불러냈던 석탑으로 갔다. 석탑 앞 돌무더기에 앉아 다시 노인이 하고 있는 일을 말려볼까 해서 눈을 감았다.

멀리서 퍼런 불빛이 보였다. 그 불빛을 따라갔다. 그 불빛은 이리저리 골목길을 지나 넓은 들판이 있는 곳으로 날아갔다.

불빛은 지쳐 천천히 발길을 하면 불빛도 따라오라는 듯 천천히 움직였다. 잡으려고 빨리 가면 불빛도 빨라졌다.

숨이 차게 불빛을 따라가니 불빛은 어느 빈집으로 들어갔다. 불빛이 들어간 곳을 자세히 보니 그곳은 강경에서 살았던 시골집이었다.

왜 이 집으로 들어간 것일까 의문을 품으며 불빛이 사라진 집 안으로 들어갔다.

빈집은 적산가옥보다 더 험한 꼴을 하고 있었다. 지붕까지 붕괴된 집과 지붕에서 흘러나온 흙들이 방을 덮고 있어 앉아 있을 자리조차 없었다.

앉을 자리를 찾으며 서성이고 있을 때 터진 지붕에서 반딧불이가 방안으로 쏟아져 들어오고 있었다.

수천수만 마리의 반딧불이 어둠침침한 방안을 퍼렇게 비춰주었다. 반딧불이는 벽을 온통 다 차지하고 있어 마치 푸른 형광등을 켜놓은 듯했다.

눈을 떴다. 얼굴 위로 창백한 햇빛이 쏟아지고 있었다. 잠깐 졸았던 것 같았는데 벌써 햇빛은 길게 누워있었다.

약을 복용하고 찾아갔던 적산가옥까지는 기억하는데 그 일 후로는 아무것도 기억할 수 없었다.

푸른 멍텅구리배

터덜터덜 공원길을 내려와 적산가옥의 공사가 어떻게 되었나 생각하여 그리로 향했다.

적산가옥을 공사하던 사람들이 오늘의 일을 마치고 장비를 정리하고 있었다. 가까이가면 그나마 들어가 볼 수 없을 거라 생각해 멀리서 그 모습을 바라보고 있었다.

마지막까지 공사현장에 남아있던 노인이 뒷짐을 지고 골목길로 사라지자 적산가옥 안으로 들어갔다.

늘 다니던 길인 벽을 막을 준비가 다 끝이 나 있었다. 이번 공사는 집을 보수하고 밖의 울타리까지 하려는 듯 울타리에 블록을 쌓을 곳까지 콘크리트로 기초가 되어있었다.

늘 앉아서 생각을 하던 곳으로 들어가 늘 앉아있었던 것처럼 앉았다. 쉽게 일본인들이 머릿속에서 나타났다.

"오늘은 시간이 없어 간단하게 말하겠습니다."

일본인이 다른 날과는 다르게 보였는지 귀를 기울여주었다.

"내가 늘 보아 오던 젊은 여자가 오늘은 보이지 않고 그 여자는 일본인 현지처인데 그 사람이 누군지 알고 싶어요."

그렇게 막연하게 말했지만 일본인은 곧 알아들었다.

"그놈은 내가 잘 아는 놈인데 왜?"

"아무리 그래도 젊은 여자를 현지처로 두고 그렇게 살면 되겠어요."

"그래서 어떻다는 거야."

"늙은 놈이 어데 할 짓이 없어서."

"무슨 말인가? 그 여자가 좋아서 하는 것을. 한번 알아봐 늙은 일본 사람이 좋아하는지 여자가 좋아하는지."

"그래도 늙었으면 그런 일은 하지 않아야 되는 거 아닌가요."

"무슨 말인가? 서로 좋으면 그뿐이지."

"그렇게 말하면 되겠어요. 아무리 다른 나라 사람이라고."

"이제 곧 이 집도 이렇게 막히게 되는데 나와는 인연을 이것으로 끝이 난 거 아닐까?"

"그래요. 당신도 한 종류의 인간이구먼."

초록은 동색이라고 그 일본인은 시종 일본 사람을 편들었다. 화가 치밀었다. 주변에 흩어져 있는 공사자재를 그의 얼굴에 집어 던지고 나와 버렸다.

소공원으로 향했다. 소공원에는 사람이 없었다. 추운 탓도 있지만 이미 어두워져 사람들의 통행도 뜸했다.

어깨에 무거운 짐이 올려져 있는 느낌이었다. 돌의자에 앉아 어두워진 도시를 바라보았다. 직선으로 곧게 나있는 도로 옆으로 주황색 조명등이 슬픈 기억처럼 한꺼번에 불을 밝혔다.

터덜터덜 아파트 쪽으로 걸어갔다. 늘 그랬지만 아파트 길을 걸으면 마치 지옥으로 향하는 것처럼 느껴지곤 하였다. 조금은 돌아가더라도 골목을 택하여 걸었다.

골목에는 아내가 다니는 성당으로 뻗은 길이었다. 성당 앞에 서서 줄기차게 다니던 아내의 기억을 떠올리며 성당 울타리 안을 바라보았다.

성모상이 있고 그 앞에는 한 신도가 정성껏 손을 모으고 연신 절을 하고 있었다.

참 사람들은 이상했다. 저렇게 하얀 조각상 앞에서 저런 행동이 무엇인가? 성경에는 분명 우상을 섬기지 말라고 했건만 이중적인 잣대를 가지고 자기들의 편리에 때라 해석하는 사람들은 무엇인가?

기도를 마칠 때까지 기다려 그 신도의 얼굴이라도 볼 요량으로 그 자리에 서서 지켜보았다.

한동안 기도를 올린 신도는 엄숙한 모습으로 안으로 들어갔다. 우스운 꼴이라 생각하고 크게 웃었다. 지나가는 사람들이 눈을 흘기며 바라보며 지나갔다.

집으로 가는 길에 예전에 아버지의 묘지 앞에서 말했던 명순이 말이 떠올랐다.

"사람들은 자기의 성을 쌓기 위해 고향을 떠나는 거야."

명순이는 그 말을 마지막으로 고향을 떠났다.

연락이라도 해보고 싶었으나 한 번 떠난 명순이는 고향조차 찾지 않았다.

　짧은 시간이었지만 명순이가 말해 주었던 별에 대한 이야기나 성을 쌓으러 고향을 떠난다는 말이 늘 주변을 따라다녔다. 명순이는 고향에서 다리 밑에서 주어왔다는 아이였다.

11

마을이 척박한 황토구릉 안에 있는 빈촌이라 고등학교 교육을 시키는 가정이 없었기 때문에 혼자 학교를 다녔다.

동네 사람들은 고모부한테 자기 자식도 아닌 사람을 고등학교까지 가르쳐 무엇하느냐고 말했지만 고모부는 그때마다 도리어 그 사람들에게 호통쳤다.

고모부는 본래 성질이 사납고 거칠었기 때문에 사람들은 그런 고모부의 한마디에 눈 흘기는 정도였고, 더는 말을 하지 않았다.

"당신들이 뭐 안다고 그래. 동수는 인자 내 자식여."

들으라는 투로 더 큰 목소리로 사람들을 나무랐다. 그때가 사춘기였던지라 그런 소리를 들은 날은 공부가 되지 않았고, 집중할 수 없었다.

책상에다 책을 펼쳐놓고 밤이 되기를 기다렸다가 한밤중 고모와 고모부가 잠든 틈을 타 동구 밖 향나무 재 황토밭에 모셔진 아버지 어머니를 찾았다.

하늘에 펼쳐진 별들이 어찌나 많았던지, 두 봉곳 사이에 누워 하늘을 바라보고 있으면 선명한 하늘의 지도가 펼쳐졌다.

꽁꽁 언 별들의 반짝거림. 바람이 불면 곧 쏟아져 내릴 것 같은 얼음 조각 같이 영롱한 별들이 겨울바람에 쇠소리를 내는 것 같았다. 그곳에서 한참을 누워있으면 마음이 편안했다.

매서운 한파가 몰아치던 어느 날, 잔설이 남아있는 두 봉곳 사이에 앉아 하늘의 별자리를 바라보고 있었다. 아무리 추워도 그곳에선 추위를 느끼지 않았다.

차가운 이미지의 어머니와 처참한 몰골의 아버지가 별들 사이에 나타나곤 했었다.

아버지의 별자리는 전갈자리로 절지동물의 마디처럼 연결 마디가 매끄럽지 않았다. 생각에 잠겨있을 때 불쑥 명순이가 나타났다.

갑작스럽게 나타난 명순이를 본 순간 기절할 듯 놀랐다. 그때 놀라는 것을 알아차리고 작은 목소리로 떨며 말했다.

"나야 나 명순이."

　　　　　　　　　　　　푸른 멍텅구리배

"이렇게 추운 날 여기까지 웬일이야."

"잠도 오지 않고 그래서."

학교 진학 문제로 고민하는 명순이를 잘 알고 있었다. 명순이 아버지는 한 살 아래인 남동생이 공부를 해야 한다며 고등학교에 보내지 않았다. 그래서 그랬는지 명순이 아버지는 고모부에게 데려온 자식 가르쳐 뭐하냐는 말을 가장 많이 하던 사람이었다.

"사람들은 별 하나씩 가지고 태어난다는데……"

하늘을 바라보고 말했다.

기분을 알 것 같아 명순이가 바라보고 있는 하늘을 무심코 올려다보았다. 그때 서쪽 하늘에서 별똥별 하나가 선을 그리며 달려갔다.

"저 별은 누구 별인지 몰라도 이 땅 어디에선가 주인이 죽어서 저렇게 별도 죽는 거야."

그럴듯한 말이었다. 부모님의 묘소에서 많은 날 별들을 관찰하고, 별들의 모양을 보아왔지만 한 사람이 한 개의 별을 가지고 태어난다는 생각을 해보지 않았었다.

"그게 무슨 말이야."

"그렇게 생각하고 별들을 보란 말이야."

"그럼 너의 별은 어떤 건데?"

"내 별은 북극성으로 정해 놓았지."

거침없는 대답에 할 말을 잃고 북쪽 끝에서 반짝거리는 북극성을 바라보았다.

언제나 자리 이동이 없는 북극성은 북쪽 하늘에선 항상 제일 크게 보였다. 그때부터 기발한 생각을 하며 별을 감상하는 명순이가 위대해 보이기까지 했다.

볼이 꽁꽁 얼 때까지 별을 보며 이야기했다. 이웃에 살고 있었지만 서로 서먹하게 지냈는데 별을 보고 이야기를 한 날부터 그런 기분이 없어졌다.

그 후로 가끔씩 별을 보고 있을 때 찾아와 이야기를 들어주었고, 자기의 생각을 말했다.

명순이는 종종 어른스럽게 말했다.

"동수야 이젠 그만 울어. 그리고 우린 이곳을 떠나야 해."

겉으론 울고 있지 않았지만 속으로 울고 있다는 것을 잘 알고 있었다.

고향의 언저리는 늘 그런 기억들뿐이었다. 상큼하고 좋은 감정은 없었다. 슬픈 모습의 명순이도 그랬고 고향에서 일어났던 여러 현상들도 그랬다.

요즘 들어 추운 척박한 황토배기에서 놀던 아이들의 모습이 자주 떠올랐다. 어떤 친구는 어린 시절부터 줄곧 고향을 떠나지 않고 그곳에서 농사를 지으며 살고 있고 어떤 친구는 가까운 도회지에서 살았다. 알아보니 그들은 하나같이 어렵

푸른 멍텅구리배

게 연명하고 있었다.

공사가 어느 정도 되었는지 저녁이 되어 적산가옥 쪽으로 발길을 돌렸다. 마침 노인이 공사 뒷마무리로 주변을 청소하고 있었다.

멀리서 노인이 돌아갈 때를 기다렸다. 노인은 공사인부들이 다 떠났는데도 한동안 그곳에 남아있다가 어둠이 칙칙하게 내려앉자 할 수 없이 자리를 떠났다.

노인이 떠나자 공사현장으로 들어갔다. 현장은 벌써 벽은 완전히 보수가 끝난 상태이고 내일부터는 울타리를 하려는지 울타리가 설 기초 콘크리트를 해둔 곳에 실을 띄워 놓았다. 울타리를 설치할 곳에 듬성듬성 꼽아 놓은 철근 토막을 점부 뽑아 한쪽 구석에 버렸다. 울타리가 완성된다면 들어가기는 어렵다 판단되어 훼방이라도 놓아야겠다고 생각하여 벌인 일이었다.

"그래 이렇게 해도 울타리를 칠건가, 벽은 그렇다 치고 울타리까지 튼튼하게 한다는 것이 말이 되는가?"

누구와 이야기하는 것처럼 말하며 그 일을 했다.

열린 문으로 방안으로 들어갔다. 헐어진 벽이 막히자 예전의 허름한 모습은 찾아볼 수 없었다.

아직 콘크리트가 굳지 않아 손으로 누르면 쉽게 들어갔다. 마감한 벽에 여러 구멍을 내고 다시 공사를 할 수밖에 없도록 하였다.

그곳에 앉아 눈을 감았다. 생각을 깊이 했지만 좀처럼 일본인들은 나타나 주지 않았다.

이곳에 살고 있는 일본인도 이제 주인이 바뀌었다는 것을 알고 있어 나타나 주지 않는다 생각하고 방에서 나왔다. 주위는 이미 어두워진 뒤였다.

여자가 어떻게 되었을까? 생각하며 다시 공원길로 들어갔다. 오늘은 기필코 일본인을 만나 첩으로 두고 있는 그자를 알아내야겠다고 생각했다. 이런 날이면 늘 전의에 불탔다.

빠른 걸음으로 공원 석탑이 있는 곳으로 들어갔다. 주변은 늘 고요했다. 간간히 불어오는 바람이 풀잎을 스치는 소리만 들렸다.

돌무더기에 앉아 눈을 감았다. 일본인을 떠올려 보았다. 아무리 불러도 그 일본인은 나오지 않고 다른 사람들만 나와 허연 이빨을 드러내고 웃었다. 왜 웃느냐고 말해도 그들은 대답도 하지 않고 더 크게 웃었다.

오늘은 안 되겠다 싶어 공원을 내려왔다. 막 아파트로 들어갈 때 고물상 아주머니가 그때서야 문을 걸어 잠그고 있었다. 죄가 있어서인지 고물장수 아주머니는 바로 바라보지도 못했다.

아파트에 들어가 오늘 같은 날은 아무것도 할 수 없는 날이라고 생각해 이불을 뒤집어쓰고 베란다 구석에 누웠다.

12

여자는 그 후로 며칠 동안 보이지 않았다. 여자의 집을 관찰하느라 망원경에서 눈을 떼지 않고 너무 세밀하게 관찰했기 때문인지 머리가 무겁고 힘이 빠져버리는 느낌을 받았다.

도저히 더는 이렇게 관찰할 수 없다고 판단하고 다른 방법을 모색했다. 그러던 중 묘안이 떠올랐다. 302동 경비를 이용해야겠다는 생각이 퍼뜩 들었다. 경비에게 조그마한 선물을 주고 부탁하면 될 것 같았다.

내의 전문점으로 갔다. 경비가 조금만 관심을 보이면 여자가 집에 들어가는 것을 알 수 있을 것이고, 집으로 들어가면 전화로 알려주기만 하면 되는 일이니 어려운 일은 아닐 거라 생각했다. 그 대가로 경비에게 선물을 주면 그만이고 골치를 앓아가며 관찰할 필요가 없었다.

경비의 좋아하는 표정을 상상해 보았다. 선물을 받아본 일이 많지 않을 경비의 모습이 눈에 선하게 떠올랐다.

"아저씨."

혼자 생각에 잠겨있을 때 점원이 이상한 눈으로 바라보며 말했다.

"얼마죠."

손에 든 내의 꾸러미의 값을 물었다.

"2만 원인데요. 아저씨 좋은 일이라도 있어요?"

표정을 살피던 점원이 말했다.

"좋은 일은요."

별 느낌이 없는 것처럼 말하고 2만 원을 점원에게 건넸다.

선물을 건네받고 곧장 아파트로 향했다. 발걸음이 가벼웠다. 선물을 훑어보며 누구한테든 주는 것은 좋은 일이라고 생각했다.

뇌물이 됐든 무엇이 됐든 받는 입장에서 보면 즐거운 일이다. 그러나 즐거움 뒤에는 뭔가가 좋지 않은 일이 숨어있었다.

뇌물을 받았던 공직자들과 주었던 사람들이 줄줄이 엮여 교도소로 향하던 그림을 상상해 보았다.

최근엔 어느 국회의원이 그랬고, 지난번엔 대통령을 지낸 사람도 그랬다. 그 사람들이 어떻게 됐던 주는 것이 좋다고 생각하며 전달 후의 일들을 생각해 보았다.

무엇인가를 주어 조종하는 기분, 그 기분이야말로 얼마나 황홀한가. 아무생각 없이 넙죽 받아먹고 뱉어내지 못하는 사람을 멀리서 조종하는 기분이 어떤 것인지 이번 기회에 확실히 알게 될 거라는 생각이 들자 돈이 아깝기보다는 발걸음이 가벼웠다.

아마 경비는 2만 원 상당의 내의 한 벌 때문에 많은 시간 동안 고개를 깊이 숙일 거고, 시시때때로 여자의 일거수일투족을 보고할 것이다.

왜 지금까지 이런 생각을 하지 못하고 그 고생을 했던가 생각하니 부아가 치밀었다. 그러나 위안으로 삼는 것은 그동안의 고생을 경비가 말끔하게 보상해 줄 거라는 것이었다.

경비실이 가까워지자 경비가 안에서 무엇인가를 기록하고 있는 것이 보였다. 언젠가 자기는 다른 사람들과는 달리 근무를 철저히 하고 있고, 경비라는 직업에 자부심이 있다고 말하던 그 경비였다.

경비실에 가까이 다가갔으나 경비는 미동도 하지 않고 자기가 하고 있던 일을 계속하고 있었다.

경비실 창문을 중지손가락으로 가볍게 두드렸다. 경비가

귀찮다는 듯 고개를 쳐들고 실눈을 뜨며 바라보았다.

먼저 내의가 든 선물 보따리를 보여주었다. 경비의 얼굴이 갑자기 환해지며 얼굴에 미소를 머금고 창문을 열었다.

"뭡니까?"

내용물도 물어보지 않고 넙죽 받아 넣었다.

"그래도 근무자 중 아저씨가 가장 근무를 잘하는 것 같아서."

"무슨 말씀입니까, 응당 제가 할 일을 하는 건데요."

경비의 표정이 밝았다. 잠시 동안 경비의 좋아하는 표정을 살피고 말할 기회를 찾았다.

"여자가 보이지 않네요. 어디 먼 곳으로 여행이라도 간 모양이오."

궁금해 하는 것을 알기라도 하듯 말했다.

"지금도 안 돌아왔소?"

경비에게 그다지 큰 관심사가 아니라는 투로 말했다.

"여자가 들어오면 연락해 줄까요?"

관심사가 여자라고 확신했는지 말했다.

"그렇게 해주세요."

더 이상 꾸밀 필요를 느끼지 않아 마지못해 말하는 것처럼 했다. 경비는 그런 의도마저 읽고 있는 것 같았다.

집에 들어와 긴 소파에 벌렁 드러누웠다. 천장을 바라보았다. 벽지에 새겨진 꽈배기 모양의 무늬들이 벌레처럼 어지럽게 기어 다니고 있었다.

여자가 오면 연락해달라고 부탁했어도 한 시간이 못돼 마음이 놓이지 않아 다시 여자의 집을 관찰하기 시작했다.

여자의 집을 관찰하며 경비한테 부탁한 일이 잘못된 거라는 생각이 들었다. 그 부탁 때문에 경비와 자신이 동시에 기다리는 꼴이 돼버렸다는 생각에서였다.

그 후부터 앞집을 관찰하다가 보이지 않으면 경비실로 연락해 보는 것이 하루의 일과가 되어버렸다.

벌써 달력에 표시된 날이 다가왔다. 오후의 햇살을 받으며 시내로 향했다. 헌혈의 집에 있던 긴 머리 여자와 앞 동에서 그림 그리기를 하던 여자를 비교해 보았다.

머리 길이 말고는 같은 것이 없어 보였지만 스타일이나 행동은 다르지 않아 보였다.

헌혈의 집으로 향하며 여러 가지 생각에 잠겼다. 헌혈의 집엔 다른 여자가 와있을 거고 다시 온 여자는 긴 머리 여자와 얼마나 비슷하게 생겼을까? 아마 긴 머리는 아닐 듯싶었다. 아니 아니기를 바랐다.

눈앞에서 세 명의 긴 머리 여자가 스쳐 지나갔다. 앞집의 여자, 그리고 지난번 관계를 가졌던 여자. 그리고 고향의 명순이까지……

헌혈의 집 앞에 도착해 살금살금 3층으로 향했다. 발소리를 듣고 뛰어나올 여자를 위한 자그만 배려였다.

자신을 위해 피를 뽑았지만 그들의 생각은 달랐다. 그들의 생각은 만인을 위한 것으로 착각하고 자신을 환대해 주었고, 어떤 땐 그 환대 때문에 정신마저 아득할 때가 있었다.

헌혈의 집에서는 아무도 동수가 오고 있다는 것을 알아채지 못했는지 나와 보는 사람이 없었다. 짧은 머리의 간호사와 왜소해 보이는 남자는 이 시간에 온다는 것을 잘 알 터이지만 나와 보지 않았다.

문을 밀치고 들어갔다. 남자와 잡담을 즐기고 있던 여자 두 명이 동시에 고개를 돌려 바라보았고 남자는 의자에 앉은 채 둘 사이로 바라보았다.

여자의 틈에 끼인 남자의 모습을 보니 우스꽝스럽기도 했지만 왜소해 보이는 남자가 두 여자 사이에 낀 모습은 모양새가 있어 보였다.

두 여자의 둔부에 눌린 남자의 일그러진 모습. 그런 모습을 보고 소리 내 웃고 말았다.

여자들과 남자는 갑작스럽게 너털웃음을 웃는 모습을 보고 이상한 눈으로 바라보았다.

그들에게서 썰렁한 분위기가 전해졌다. 어색하여 망설이고 있자 표정을 살피던 짧은 머리의 간호사가 다가와 인사했다.

갑작스럽게 튀어나온 웃음과의 조화를 위해 짧은 머리의 간호사도 한차례 까르르 웃음을 터트렸다.

짧은 머리의 간호사의 웃음 속에 내포되어 있는 것이 무엇인지는 몰라도 그 웃음은 분명 어떤 웃음보다도 듣기 좋은 웃음이었다.

난처함을 애써 희석하고, 갑작스런 웃음까지도 조화롭게 하는 그런 웃음이었다.

"이분이 내가 전에 말했던……"

새로운 여자에게 소개하는 짧은 머리의 간호사는 시종 웃음을 머금고 있었다.

"선생님 지난번 머리 긴 여자분 아시죠?"

짧은 머리의 여자가 말했다.

"네."

"그분은 이제 안 나오시고 그분 대신 이 아가씨가 새로 왔어요."

"그래요."

"마침 지금 아저씨에 대해 말하고 있는 중이었어요."

여자의 말이 거슬렸다. 내 얘기를 자기들끼리 했단 말인가, 간호사는 아니 남자는 어떻게 나를 소개했을까? 잠시 망설여졌다.

"선생님 웃옷 주세요."

제법 목소리가 상냥하다. 앳돼 보이는 여자는 머리칼이 긴 머리는 아니고 스타일만 긴 머리풍을 했을 뿐이었다.

다행스러운 일이라고 생각하며 침대로 향했다.

여자에게 웃옷을 건네고 침대에 누웠다. 눈을 감고 여자의 손등을 상상했다. 하얀 손등, 팥 색깔의 매니큐어, 그녀의 팥 색깔의 매니큐어와 통통하고 하얀 손등, 가는 허리 이런 것들이 조화롭지 않다고 생각하며 눈을 감았다.

"아저씨, 무슨 생각하세요?"

간호사의 말이 배고픈 드라큘라처럼 들렸다.

"간호대학교를 다니고 있어요."

혼자 자기소개를 했다.

말을 시키며 주사기를 혈관에 꽂았다. 학생에게 자신의 팔뚝을 맡긴다는 것이 불안했지만 생각보다 간호 학생은 혈관을 잘 찾아 꽂았다.

피가 관을 통해 빠르게 빠져나가는 것이 보였다. 주먹을 습관처럼 쥐었다 폈다 하며 피가 빠르게 빠져나가는 것을 도왔다. 피가 몸에서 빠져나가고 있다고 생각하니 차츰 황홀경 속으로 빠져 들어갔다.

어디에 있을지 모르는 긴 머리 여자, 김은아라고 당당히 말하던 그녀를 상상했다. 여자는 무얼 하는 여자일까?

여자를 생각하며 잠시 조는 동안 혈관에서 뽑힌 피가 비닐 팩을 통통하게 만들었다. 남자가 비닐 팩을 살피며 간호사에게 말했다.

"됐어."

능숙하게 바늘을 뽑고 피가 나오지 않도록 거즈로 혈관을 눌렀다. 간호사가 건네준 거즈를 누르며 일어나 앉았다. 능숙하게 학생이 웃옷을 가져왔다. 얼마 되지 않았을 학생은 벌써 자기 일에 능숙함을 보이고 있었다.

남자가 가져온 헌혈증서를 호주머니에 쑤셔 넣고 학생을 바라보았다. 학생은 무슨 말을 할 것으로 생각했는지 서성거렸다. 다른 두 사람도 학생과 번갈아 바라보았다.

말을 해야 어색함이 사라질 거라 생각했지만 아무 말도 떠오르지 않았다. 몇 번 입을 우물거려보다 마땅한 말이 떠오르지 않아 발길을 돌렸다.

"그 아가씨가 없어 서운한가요?"

막 나가려는데 짧은 머리의 간호사가 긴 머리 여자와의 관계를 알고 있는 것 같이 말했다.

"무슨 말입니까?"

시치미를 뗐다.

"그 아가씨가 아저씨를 좋아했었는데……"

전혀 뜻밖의 언질이었다. 그녀가 좋아할 이유가 없고, 또 그런 낌새도 없었다. 둘만의 시간이었던 그때도.

계단을 내려와 시내를 걷는 내내 긴 머리의 여자를 생각했다. 여자를 생각하다 문득 오늘 피를 뽑으러 오는 날이라고 여자가 기억하고 있을 것이고, 그렇다면 지난번 만났던 그 시간에 칸타빌레를 찾아간다면 만날 수 있을 거라는 생각까지 들었다.

지난번과 같이 공원으로 향했다. 지난번에도 이 시간쯤 돼서 공원으로 향했었던 것을 기억하고 지난번 무료한 시간을 보냈던 그곳을 찾아갔다. 그곳은 항상 시간이 정지되어 있는 것 같은 곳이기도 했다.

같은 자세로 역동적인 모습으로 서있는 사람들의 모습, 젊음을 표시하려고 팔뚝의 근육에 초점을 두어 조각한 조각가의 모습이 보이는 듯했고, 그 모습들은 부조의 벽에 갇혀 꼼짝하지 못하고 있었다.

그 부조의 벽을 바라보면서 작품을 만든 사람을 연상해내곤 했는데, 어쩌면 그 작품을 만들어 낸 사람은 힘없는 노인이었을 거라 생각했다.

부조 앞 경계석에 쭈그리고 앉았다. 햇빛이 따사롭게 누워 비추더니 어느덧 어둠이 물들기 시작했다.

어둠이 익어가는 공원을 바라보다 지난번 보았던 남자가 생각나 기념탑 뒤로 가 보았다. 어둠 속에 사람의 형체가 보였다.

푸른 멍텅구리배

조심스럽게 누워있는 사람의 형체에 다가가 남자를 바라보았다. 마치 흑인처럼 얼굴이 검어 표정은 볼 수 없었지만 두꺼운 이불을 덮고 평화롭게 코를 골고 있었다.

이상스런 남자였다. 이곳을 이 추운 겨울에 집 삼아 누워있는 남자의 정체가 궁금하였다. 잠에서 깨지 않도록 조심스럽게 기념탑 앞쪽으로 나가 기념탑에 기대 앉아 여자를 생각했다.

오늘도 그 자리에 나와 있을까? 여러 잡생각에 빠져있다가 지난번에 여자가 먼저 나와 기다리고 있었다는 것을 생각하고는 자리에서 일어났다.

칸타빌레로 들어서자마자 지난번 앉았던 자리를 훑어보았다.

커튼으로 가려진 그 자리엔 인기척이 없어 보였다. 실망스럽게 자리를 바라보고 있자 언제 다가왔는지 지난번 보았던 웨이터가 웃으며 인사했다.

"혹, 기다리는 사람이라도 있나요?"

대꾸를 하지 않고 지난번 앉았던 자리로 갔다.

자주색 의자가 덩그러니 비어있었지만 여자의 온기나 체취가 그대로 남아있는 것 같았다.

지난번 앉아있었던 자리에 앉아 여자의 형상을 생각해 보았다. 고민의 흔적들이 가득했던 여자의 얼굴. 수심이 많은 만큼 청순해 보이고 가련해 보이던 여자의 얼굴이 눈앞에 영화 스크린의 한 장면처럼 그려졌다.

"술은……"

조용한 어투로 말하는 소년을 올려다보았다. 자신이 약해 가련해 보이려고 애쓰는 소년을 발견하고 긴장을 풀었다.

언제부터인지 자기보다 강해 뵈는 남자들은 싫었다. 그것을 어떻게 알았는지 소년의 눈치가 보통 아니라고 생각했다.

"맥주로."

소년이 떠나가자 킁킁대며 여자의 채취를 찾아보았다. 벌써 15일이나 지난 후이기 때문에 채취가 남아있을 리 없지만 흔적 같은 것을 느낄 수 있었다.

그날 밤 그녀의 뿌옇던 가슴에서 맡아보았던 비릿한 젖 냄새, 그 냄새는 분명 유년기에 맡아보았던 어머니의 그것과 흡사했고, 그 냄새를 접하고부터 깊은 수렁 속 같은 그녀의 우주 속으로 빨려든 것 같았다.

소년이 술병을 내려놓고 맥주병 한 개를 들어 마개를 열었다. 경쾌한 소리가 어두운 구석에 메아리쳤다. 소년이 자기의 예상대로 병소리가 크게 난 것에 흡족해하며 웃어 보이고 사라졌다.

기다림이 무엇인지 기다림은 한없이 갑갑하고 한없이 지루하다 생각하며 자신이 기다리고 있는 사람을 상상했다.

집에서는 어떤 여자를 마냥 기다리고 있고, 이곳에서도 알수 없는 긴 머리의 여자를 기다린다. 두 사람의 모습이 뒤엉키며 머리를 어지럽혔다.

맥주잔을 비울 때마다 술 맛이 없어 누룩 냄새가 묻어있는 것 같았다. 술기운으로 정신이 침식할 때마다 유리잔 속에서 그녀가 살아 움직였다. 그녀의 뜨거운 숨결, 체온, 특이한 향수 냄새, 잊어버려야 한다고 생각하며 거푸 술잔을 비웠다.

술이 다 비워져 갈 때 반병쯤은 남겨놓고 가야겠다고 생각했다. 다 마셔버리는 것보다 다음을 위해 남겨놓는 것은 그녀와의 인연의 고리도 어쩌면 한잔쯤을 남겨 뒀더라면 이어졌을지도 모를 일이라고 생각해서였다. 마지막 잔을 들고 눈을 감자 술기운이 머릿속을 어지럽혔다.

소년이 마음을 어떻게 읽었는지 음악을 틀어놓았다. 음악이 어둠 속 카페 안에 차곡차곡 쌓였다. 고음의 테너 음. 한없이 부드럽고 평화스런, 평화롭다는 생각을 하며 눈을 감았다. 고립 속에서 느끼는 안식과 평화……

지역의 유지를 학부형으로 둔 덕에 요정에 간적이 있었다. 요정의 아가씨들 중 키 작은 여자가 떠올랐다.

그녀의 이름은 수진이었다. 키는 작았지만 그녀에게는 큰 유방이 있었고, 그 유방이면 아이 열 명쯤은 충분히 먹이고도 남을 그런 크기였다.

술자리가 파하자 돈 많은 지방 유지는 여자들을 한 명씩 데리고 2차를 가라며 짝을 지어주었다.

파트너였던 수진이는 여관이 아닌 자기 집으로 가자고 했다. 혼자 살고 있었고, 집안엔 가재도구도 꽤 많았다.

그녀가 섹스 중에 여러 번 반복해서 틀었던 음악. 왜 이 음악에 빠져있었는지, 수진이는 섹스 중에도 가끔씩 비음으로 남몰래 흐르는 눈물이라는 노래를 따라 불렀다.

아무런 의미도 없는 노래였지만 그 노랫소리가 머릿속 깊숙이 박혀 들었다.

얼마 후 돈을 만들어 억지로 수진이를 찾으러 그 집에 갔었지만 수진이는 찾을 수 없었고, 다른 사람이 이사와 있었다.

한차례 섹스를 끝마치고 돌아누웠을 때 수진이에게 무슨 노래인지 물어보았다.

수진이는 사랑의 묘약 중 남몰래 흐르는 눈물이라고 말하며 울먹였다. 어떤 사연이 노래 속에 녹아있는지 몰라도 그녀 깊은 곳에서의 상처 같은 것을 알 수 있는 제목이라 생각했다.

십여 년 전의 노래를 다시 듣게 된 것은 방황이 시작되던 때였다. 고립의 틀 속에 꽁꽁 묶여가던 그때. 우연히 찾아낸 테이프가 그때 수진이가 기념이라며 주었던 그 테이프였다.

그 테이프를 찾아내고 기뻐했던 것은 어쩌면 음악보다도

수진이의 젖 냄새를 더 기억하고 있었는지 모를 일이었다. 풍부해 보이던 그 비릿한 젖 냄새를⋯⋯

그때의 일을 기억해 보았다. 탐스런 젖을 손으로 주무르자 수진이는 빤히 내려다보며 미소를 지었다. 그리고 말끝에 모성결핍인 사람들은 젖을 좋아한다며 얼굴을 젖가슴에 묻게 했다.

카페를 빠져나오니 바람이 을씨년스럽게 불어댔다. 어깨를 움츠리고 그녀와 함께 지냈던 여관 쪽으로 향했다.

많은 사람들이 제 갈 길을 찾아 움직였다. 사람들 틈에 끼어 무리로, 집단으로 섞여보았다. 왜 그런지 무리의 집단 속은 어색하기만 했다.

그날 저녁 신비롭게 보였던 골목길을 입구에서 바라보았다. 푸른 어둠의 끝으로 육중한 몸체의 여관이 지키고 있었고, 우악스럽게 생긴 개가 여관의 입구에서 어둠을 뚫고 바라보고 있었다. 지난번엔 없었던 개가 왜 이 저녁에 이 골목을 지키고 있는지 알 수 없는 일이었다.

지난 저녁을 생각하며 그 골목을 지나가 보려고 입구로 들어섰다. 허연 이를 드러낸 개가 노려보고 있었다.

가끔씩 지나가는 자동차의 전조등 빛을 받은 개의 두 눈에서 퍼렇게 뻗쳐오는 인광이 섬뜩하게 다가왔다.

잠시 걸음을 멈춰 서서 개를 주시했다. 으르렁대며 곧 달려들 기세로 노려보는 개의 눈을 똑바로 응시하고 눈싸움을 했다.

짐승과 맞닥뜨릴 땐 짐승의 눈길을 피하지 말라던 말이 떠올라서였다.

한참 동안 그렇게 으르렁대던 개는 차츰 두려운 듯 노기를 감추고 꼬리를 내리며 천천히 물러섰다. 물러서는 개를 보고 동물이나 사람이나 어찌 보면 똑같다는 생각이 들었다. 나르시스의 사람들이 내지르는 소리가 개소리라고 정의한 사람이 있었다. 그 사람들은 아무리 사실을 가지고 공격을 가해도 마치 광신도처럼 짖어댔다.

개가 웅크리고 앉아있던 곳을 지나치며 생각했다. 이런 곳에 개가 있다는 생각, 하지만 개가 있어야 할 곳이 따로 있는 것은 아닐 것이고…… 개가 사라지자 여관 쪽을 향해 조심스럽게 걸어갔다. 20미터쯤 되는 길이 2킬로미터쯤 되는 것 같았다.

여관 앞에서 서성거렸다. 녹색 갓을 쓴 붉은색 조명등이 실내를 더욱 어둡게 하였고, 그 속에서도 실내의 왼쪽에 있는 검은색 물체가 눈에 들어왔다. 주인 여자가 입실 내역을 기록하던 테이블이 분명했지만 밖에서 보는 테이블의 형상은 괴기스럽게 생긴 관 같았다.

문 앞을 서성대자 아줌마 파마를 한 뚱뚱한 여자가 문을 밀치고 나왔다. 여자와 눈을 맞닥뜨리지 않으려고 고개를 돌리자 여자는 한참 동안 노려보는 듯했다. 지겹도록 긴 시간이었다. 뒤돌아있어서 그런지 왠지 목 뒷덜미가 근질거렸다.

마주 보고 이야기라도 할까? 하는 생각에 잠겨있을 때 여자가 여관 안으로 들어가는 문소리가 들렸다.

한참 동안 무슨 생각을 했을까? 첫 번째 보았을 때의 그 여자. 그 여자는 무심할 정도로 관심을 보이지 않던 여자였다. 여자와 첫 대면이 있은 그날부터 그 여자를 주인공으로 한 꿈들이 자주 등장하여 괴롭혔다.

몸집이나 생김새 등에서는 뚱뚱해 보였지만 첫 대화에서부터 정반대라는 것에 놀랐다.

다시 골목을 돌아 나왔다. 한 쌍의 연인들이 여관을 향해 빨려 들어가고 동수는 그들의 뒷모습을 바라보았다. 한기를 실은 바람이 골목을 핥고 지나가며 길 가장자리로 먼지를 쓸어냈다.

돌아 나오다 개가 있었던 자리에 쭈그리고 앉아 셔츠 안쪽에서 담배를 꺼내 피워 물었다. 그곳에는 개의 온기가 아직 그대로 남아있었다.

이 도시에 갈 곳이 없었다. 담배연기를 내뿜으며 갈 곳을 생각해 보았다. 갈 곳이라고는 일본식 적산가옥이라고 생각해 훼방을 놓았던 것을 생각하며 그곳으로 향했다.

일부러 골목길을 택해 걸었다. 밤중이라 사람들의 모습은 보이지 않았다. 적산가옥에 도착할 때까지 한 사람도 보이지 않았다.

적산가옥에 도착했을 때 깜짝 놀랐다. 어느새 담장이 둘러 있고 그 담장은 아무도 범접하지 못할 만큼 견고해 보였다.

문득 명순이가 떠나가던 날 말했던 사람들은 자기의 성을 쌓기 위해 고향을 떠난다던 말을 생각하였다. 아마 이 노인도 자기의 성을 견고하게 구축했다고 생각했다.

고향을 떠나와 교사로서 자기의 성을 구축하려던 꿈은 이미 사라져 버린 지 오래되었고 이제는 이렇게 후미진 도시를 방황하는 처지를 생각했다.

그래도 한때는 최선을 다해 삶을 구축하려고 했었으나 그 것이 그리 쉽게 되지 않았다.

마치 쌓으려던 성은 소금 기둥으로 시작된 것이라 생각하며 노인이 구축한 견고한 성을 안으로 들어갈 틈이라도 있는지 한 바퀴 돌아보았지만 안으로 들어갈 틈은 없었다. 갑자기 힘이 쭉 빠지는 느낌을 받으며 힘없이 돌탑이 있는 공원으로 향했다.

추운 겨울에 이 시간에 공원을 찾는 사람은 없었다. 먹장 같은 돌탑이 있는 곳은 큰 나무들이 가려서인지 바람도 들지 않았고 이 겨울에는 오히려 따뜻했다.

푸른 멍텅구리배

늘 앉아 있곤 하던 곳에 힘없이 앉아 눈을 감았다. 아무것도 생각하기 싫은 밤이었다.

"아니 여기서 무얼 하고 있소?"

어두워서 아무도 보이지 않았다.

"누구요?"

두렵다는 듯 주위를 살폈다.

"나 모르겠소. 적산가옥에 살던 일본인."

"아 그 적산가옥에 살던 분."

"오늘 적산가옥에 갔었소. 하지만 안으로 들어갈 수 없도록 그곳 주인이 담장을 치고 집도 고쳐놓았소."

"그 집에서 살 던 나도 그곳에 들어갈 수 없소."

"그럼 어디서 산단 말이오. 이 추운 계절에."

"이제 떠날 때가 된 것 같소. 그래서 이렇게 찾아왔어요. 잘 계시라고."

"참 가기 전에 그건 전달해 주고 가야지 않소?"

"뭡니까?"

"우리 아파트 앞 동에 사는 여자의 정부가 누구인지. 일본 어디서 사는 놈인지."

"더는 생각하지 말아요. 그 사람은 그 사람만의 삶을 살고 있다 했잖소. 당신이 그 여자와 관계가 있는 사람이오?"

"그렇지는 않지만 궁금해서지요."

"궁금해서 그런 건 아니잖소. 사람이 좀 솔직했으면 하네요."

그 말을 한 일본인은 흔적도 없이 사라졌다.

더 이상 부를 힘도 생기지 않았고 속마음을 들킨 것 같아 얼굴이 화끈거렸다.

오늘은 집으로 들어가 쉬어야겠다고 생각해 일어섰다. 공원의 후미진 곳에서 하늘을 올려다보았다. 수많은 별들이 선명하게 보였다. 별들은 조롱하는 듯 까르르 까르르 웃었다.

13

　오늘도 거실을 핥듯 훑어보았지만 거실은 공허하게도 텅 빈 그대로다.

　사람이 없는 아파트의 풍경은 잔설이 남아있는 한겨울의 텅 빈 사각진 논바닥 같은 느낌을 주었다.

　선명하지 않은 망원경이었지만 거실의 비어있는 형상은 금방 알 수 있었다. 눈이 아파 눈을 끔벅이며 고여있는 눈물을 닦아내고 이번에 들어온다면 배율이 좀 더 나은 망원경을 사야겠다고 다짐해 두었다.

　거실에 햇빛이 반사되어 방바닥이 번들거렸다. 망원경을 내려놓고 눈을 눌러 보았다. 눈이 자꾸만 깊숙하게 패여만 가는 느낌이 들었다.

TV에서 너털웃음소리가 들렸고 왁자지껄한 틈 속에서 여자들의 웃음소리가 들렸다. 신경을 너무 써서 그런지 머리가 아팠다.

창문을 열고 창가에 서서 자신을 생각해 보았다. 하릴없이 허송세월만 보내고 있어 더할 나위 없는 한량이라고 치부하며 세상일에 아우성치는 사람들을 그려보았다.

얼마 남지 않은 생을 가지고 있을 적산가옥의 노인보다 못한 생활을 하고 있다 생각했다.

어떤 사람들은 세상을 전투의 장이라고 말하는 사람도 있었고, 어떤 유식한 한 사람은 사람은 모두다 자신의 성을 쌓는 일을 하며 그 성을 위해 매진한다고 알쏭달쏭한 말을 지껄인 적도 있었다. 고향을 떠나던 명순이도 그렇게 말했다.

그들의 말이 다 웃기는 짓들이라고 생각했다. 삶을 위해 치열해 봤자 인간은 인간일 따름이고, 인간들의 대부분은 자신의 쾌락을 찾아다니는 족속이라고 치부했다.

경비를 만나봐야겠다고 생각하며 외출복으로 갈아입었다. 밖으로 나오니 미세먼지도 걷히고 따뜻한 햇살로 가득한 눈부신 아침이었다.

302동으로 찾아가니 공원에서 날아든 비둘기들이 주차장을 걸어 다니며 한가하게 모이를 쪼고 있고, 주차장엔 몇 대안 되는 차들이 띄엄띄엄 주차해 있다. 경비는 눈이 마주치자 경비실에서 일어서며 밖으로 나왔다.

"오셨어요."

뇌물이 통했는지 경비가 깍듯이 인사했다. 어색한 표정으로 경비를 바라보았다.

"날씨가 따뜻하죠."

너무 깍듯 대하는 경비를 뜻 없이 바라보았다.

"그분 통 보이지 않아요."

궁금해 하는 것이 무엇인지 알고 있는 경비는 여자 얘기를 먼저 꺼냈다.

경비의 말에 머뭇거렸다.

"혹 출국했는지 몰라요."

어색해하는 것을 알아차리고 다시 말했다.

오지 않은 것이 자기 탓이라 생각하는지 미안해했다.

경비를 바라보고 있으면 알 수 없는 무엇이 생각났다. 어쩌면 그렇게 생각하고 있는 것을 알아차리는지, TV에서 종종 나왔던 관심법을 한다는 중이 연상되었다. 그 생각의 말미에 자기도 관심법을 써서 사람을 조종하지만 누구에게 한 번도 관심법을 쓴다고 말하지 않았다.

사람이 나이를 먹으면 꾀만 생긴다는 어느 책에서 본 문구를 생각해 내고 경비를 피할 궁리를 했다.

이 상태로 경비와 계속해서 이야기를 나눈다면 얻을 게 없고, 경비 역시 곧 싫증 낼 것이 분명하다는 결론을 내렸다. 경비는 차츰 이야기 상대자와 말거리가 생겼다는 듯 계속 지껄여댔다.

"비둘기들이 많이 날아오네요."

경비의 말을 중간에서 가로채 비둘기를 바라보며 말했다. 경비는 표정을 살피며 비둘기가 모이를 쪼고 있는 곳으로 눈을 돌렸다.

"저 녀석들 공원에 있는 비둘기들이라서 사람을 무섭지 않게 생각해요."

퉁명스런 표정을 지으며 경비가 말했다.

"손만 뻗으면 잡을 수 있겠어요."

비둘기를 잡아보려고 손을 내밀어보았다.

처음에는 몇 마리의 비둘기가 눈치를 보며 주변을 돌았지만 차츰 여러 마리가 주위로 몰려들었다. 모래를 주워 뿌리자 모이로 안 비둘기들이 날개를 퍼덕거리며 달려들었다.

"잡아 봐야 냄새만 나요."

"잡아 봤어요."

얼굴을 바라보며 말하자 의미심장한 표정을 지었다.

"형씨도 비둘기 좋아해요?"

동수는 경비가 말하는 어감에서 비둘기를 좋아한다는 의미로 말하는 것이 아님을 발견했다.

"어떤 의미인지? 비둘기는 평화의 상징 아닙니까. 그래서 막연히 좋아하는 거지요."

"지난번에 덫을 놓아 비둘기 다섯 마리를 잡아 삶았는데, 집비둘기라 비린내가 나더라고요. 그래서 다 버렸어요."

거리낌 없이 말했다. 그 말을 듣고부터 그의 얼굴을 바로 바라볼 수 없었다. 꼭 그의 입가에 듬성듬성 돋아난 수염 사이에 비둘기 기름이 묻어있는 듯했다. 온정의 가면을 쓴 그를 더 이상 바라볼 수 없어 시선을 땅으로 향했다.

"비둘기 좋아하지 않는 모양이오."

"그 말 그만합시다."

며칠 전 주차장에 날아다녔던 비둘기 털이 그 털이었다는 생각이 들자 자꾸만 구역질이 나올 것같이 속이 울렁거렸다.

더 이상 그와 대화를 하는 것은 같은 종이 돼버리는 것 같아 자리를 피하고 싶은 마음뿐이었다.

동료들의 죽음을 모르는 비둘기들이 살육의 현장에서 평화롭게 모이를 쪼고, 종종거리며 경비를 따라다녔다.

얼마나 많은 미끼를 써서 저 지경이 되었나 생각하니 비둘기들의 멍청함에 부아가 치밀었다.

"이것들 봐요, 지난번에 미끼로 모이 좀 줬더니, 나만 보면 이렇게 따라다녀요."

싫어하는 표정을 짓자 머리를 긁적이며 경비실로 들어가 경비시계를 들고 나왔다.

"순찰할 시간이 돼서, 여자가 오면 연락할게요."

순찰 시계를 들고 걸어가는 것을 멀거니 바라보았다. 가끔 씩 경비가 든 시계의 스테인리스 테두리에서 섬뜩한 백색광 선 같은 햇살이 반사되었다. 비둘기들이 날개를 퍼덕이며 경 비의 뒤를 따라갔다.

걷고 있는 경비를 뒤에서 바라보며 종교지도자라 지칭하는 자를 광신적으로 따라다니는 신도들을 생각하였다.

신선한 공기라도 들이켜야 할 것 같아 아파트 뒤를 돌아 공 원길로 향했다. 봄바람이 흙먼지를 일으켜 세우며 거리를 쓸 고 지나갔다.

공원으로 오르는 길 양옆엔 슬레이트 지붕으로 된 허술한 집들이 줄지어 있었다. 슬레이트집은 육중한 아파트의 그림 자에 눌려 햇빛도 들지 않았다.

아파트를 건축할 때부터 일조권이다 뭐다 해 집단으로 농 성했던 사람들이 이곳에 살고 있는 사람들이었지만 아파트를 시공하는 회사는 꿈쩍도 하지 않고 아파트를 완공하였다.

그 생각을 하며 지난번 보았던 체급이 다른 두 씨름선수를 떠올렸다. 큰 선수 배에 짓눌린 작은 선수의 바둥거리는 모습 이 눈에 선했다.

길가에서도 슬레이트 지붕을 한 사람들의 삶의 현장이 훤히 드러나 보였다. 아파트에서는 상상하지 못했던 삶의 현장들이었다.

아무렇게나 놓여진 종류가 다른 신발과 문을 열면 누구나 방안까지 훤하게 볼 수 있는 그런 구조. 그들은 담도 없는 곳에 이웃이 있었다. 그 이웃들도 같은 모습들이었다.

일본인들이 세웠다는 이끼 긴 돌탑을 지나 공원 벤치에 앉았다. 갑자기 미세먼지 속으로 묻혔다. 미세먼지는 시도 때도 없었다. 맑다 싶으면 어느새 미세먼지가 닥쳐왔다. 시내의 빌딩들이 수채화 속에 담긴 도시처럼 보였다. 도심은 대낮인데도 안개에 가려진 것처럼 뿌옇게 보였다.

명순이가 자기 소유의 별을 말한 이후부터 소유라는 개념을 다른 각도에서 생각하게 했다.

소유는 혼자만의 것이 아니고 누구나 같이 공유할 수 있는 것이라고. 그날 밤 자기의 별을 같이 공유하자는 말을 했다. 명순이의 유식한 말에 고개를 끄덕이기만 하였다.

제의에 쉽게 허락한 것은 무엇보다도 먼저 북극성이 움직이지 않고, 언제나 북쪽 끝 제자리를 지키고 있다는 매력 때문이었다.

북극성으로 자기의 별로 정한 후부터 새벽녘 고요한 때에

북극성을 찾아 바라보는 것이 큰 즐거움이었다. 북극성은 언제나 북쪽 끝에서 큰 별로 자리하고 있었다.

명순이는 자기 별을 조금 떼어주고 얼마 되지 않아 마을을 떠났다. 떠나기 전날 밤 별을 보던 묘지까지 찾아와 이해할 수 없는 말을 했지만, 그렇게 쉽게 마을을 영영 떠나리라고는 상상하지 않았다.

마지막 말이 한동안 뇌리를 떠나지 않았고, 늘 마음 한구석에서 허전함으로 남아있었다.

"북극성을 잘 봐, 언제나 그 자리를 변함없이 지키고 있지. 넌 저 별을 어떻게 생각하니? 사람들은 자기의 성을 쌓으러 고향을 떠나게 되어있어. 너도 곧 고향을 떠날 것이고 나도 그 성을 쌓기 위하여 곧 고향을 떠날 거야."

우주의 중심축처럼 움직이지 않는 북극성. 가끔씩 우주의 중심이 정말 북극성이 아닌가 하고 생각해 보기도 했다.

언젠가부터 어쩌면 북극성이라는 작은곰자리의 별을 좋아했다기보다 움직이지 않고 변함없이 그 자리를 지키고 있는 모습 때문에 신앙처럼 의지하고픈 생각에서였을 거라는 생각이 들었다.

그 후로 서울 어디 봉제공장을 다닌다는 소문도 돌았고, 술집에 나간다는 소문도 돌았다.

그때 북극성을 바라보며 언젠가 명순이처럼 성을 쌓게 위

해 미지의 세계로 떠나야 한다 생각하고 그 미지의 세계를 그
려보았다.

14

흐릿한 날씨 때문인지 햇볕이 따사롭지 않았다. 요즈음엔 시도 때도 없이 미세먼지가 닥쳐왔다. 오늘의 미세먼지는 다른 날보다 더욱 심하여 바로 앞에 있는 공원도 제대로 볼 수 없었다.

흐릿한 오후의 도심은 도화지에 그려진 수채화 같은 분위기를 만들어내고 있었다. 바람은 미세먼지를 몰고 와 도심의 수많은 유리창을 어지럽혔다.

공원길엔 사람들이 없었다. 으스스한 한기도 있었지만 미세먼지가 몸에 좋지 않다는 방송이 있었기 때문이다.

미세먼지 속의 공원길을 걸으며 방사능을 맞아 변종이 된 거북이들을 생각했다. 사람들은 사람이 변종이 되는 것을 싫어할지 모르지만 그것이 훨씬 나은 삶을 살아갈 거라고 생각했다.

으스스한 한기를 품은 바람이 가끔씩 콘크리트길을 쓸고 지나갔다. 공원길을 무심코 걷다가 파월기념탑의 남자를 생각해 내고 그리로 빠른 걸음을 했다.

그리로 가는 동안 낮에도 그 사람이 그곳에 있을까? 하는 의문들이 꼬리를 물었다. 숨차게 걸어 기념탑에 당도해 기념탑 뒤로 돌아가 보았다.

누더기를 걸친 남자가 바다로 흘러가는 강물을 망연히 바라보고 있었다. 분명 그 남자였다.

얼굴을 찌푸리고 남자를 바라보았다. 남자의 시선은 한 곳에 머물러 있었다. 좀처럼 다른 곳으로 움직이지 않았다. 사람이 왔다고 기척을 하였으나 남자는 들은 척하지 않았다.

"춥지 않습니까?"

옆으로 다가갔다.

"이곳에 왜 또 왔소."

알아보자 깜짝 놀랐다.

"찾아오지 말라고 했잖소."

확인하듯 재차 말했다.

"어디 아픈 곳은 없나요?"

동정 어린 어투로 말했다.

"내 일에 상관 말고 이곳을 떠나 주시오."

단호했다.

더는 말할 수 없다고 생각하여 꾀를 내 일단 그 자리를 피해 아래로 내려가 슈퍼에서 소주 두 병을 사들고 다시 올라왔다.

그때까지 그 남자는 그 자리에 앉아 먼 강을 내려다보고 있었다.

"술이나 한잔합시다."

그 말을 들은 남자가 술병을 빼앗듯 가져가 병마개를 따기가 바쁘게 병나발을 불었다.

"어떻게 이런 곳에서 지냅니까?"

부드럽게 말하자 남자가 바라보았다. 얼굴은 햇볕에 그을려 흑인같이 검었고, 번들거렸다. 세수를 하지 않아 눈곱이 그대로였고, 눈은 십 리나 들어가 보였다.

"여기를 보시오."

자기 목덜미를 가리키며 옷깃을 열었다.

마치 뽕나무 열매 같은 살갗이 드러났다.

"피부병이라도 걸린 거유?"

"피부병은 피부병이지요. 하지만 고칠 수 없는 병이랍니다. 고엽제······"

"병원을 찾아야지요."

"병원을 찾아 무얼 하겠소. 아들도 이 병으로 죽었는데."

한스런 표정으로 바라보았다.

"그럼 가족이라도 있을게 아닙니까?"

"가족?……"

혼잣말로 중얼거린 남자가 남아있는 소주를 다 털어 넣었다.

"이제 내 정체를 알았소?"

그렇게 말하고 비켜주었으면 하고 강을 응시하였다.

"그런데 왜 이 파월기념탑에서……"

"죽지 못해서요. 죽지 못해서……"

그렇게 말하고 한숨을 깊이 내뿜었다. 더 이상 이 남자에게 말을 시킬 수 없어 자기가 마시려고 했던 소주병을 남자에게 밀어놓고 자리를 피해 주었다.

옷깃을 올리고 공원을 내려와 막 아파트 정문을 지나려할 때 정문 옆에 있는 경비실에서 경비가 뛰어나왔다.

"302동에 근무하는 경비가 찾았어요."

반가운 듯 말했다.

여자가 왔다는 말 이외에는 자신을 찾을 일이 없을 거라 생각하며, 302동 쪽으로 걸었다.

경비가 근무하고 있는 사각 박스 같은 경비실 쪽으로 발길을 돌리며 주차장에 주차되어 있는 차를 바라보았다. 다가오는 것을 본 경비가 허둥대며 경비실에서 나왔다.

"어디 갔다 왔소?"

대답대신 무슨 일이냐는 표정으로 그를 바라보았다.

"저기."

차가 주차되어 있는 곳을 바라보며 왔다고 표시했다.

"여자가 왔군요."

그동안 새 망원경을 구입하여 눈이 빠지게 기다렸지만 경비 앞에서는 아무렇지도 않은 표정으로 말했다. 하지만 가슴이 벌써부터 뛰고 있음을 느꼈다.

"한 시간 전에 왔소."

반가운 표정을 보이지 않자 퉁명스런 말투로 말했다.

"고마워요."

애써 아무렇지 않은 말투로 경비에게 고마움을 표했다.

거실을 상상하며 301동 쪽으로 향했다. 경비는 301동 모퉁이를 돌아갈 때까지 그 자리에 서서 지켜보고 있었다.

천천히 걷다가 302동 모퉁이를 돌아서자 빨리 걷기 시작했다. 뛰지는 않았지만 여자가 왔다는 그 한마디 때문에 숨이 찼다. 승강기의 스위치를 눌렀다. 항상 그렇게 느꼈지만 오늘따라 승강기 안의 공간이 더욱 좁아 보였다.

서둘러 문을 열고 들어섰다. 왠지 낯선 거실 분위기, 평화의 유일한 공간이지만 외출 후 집에 들어설 때마다 낯선 기분이 들었다.

새 망원경을 꺼내 거실을 탐색했다. 거실의 내부가 너무도 선명하게 보였다.

한가하게 휴식을 보내고 있는 소파 위의 여자를 발견하고, 잠시 망원경을 내려놓고 심호흡을 하였다. 행복한 순간이었다.

한동안 벽지 속의 그림을 멍하니 바라보았다. 오늘부터는 방황도 끝이고 앞 동의 여자가 행하는 대로 그렇게 따라하면 되는 것이었다.

다시 망원경을 집어 들고 잡지책을 든 여자의 탐스런 하얀 손을 관찰했다. 너무도 선명하여 잡지 속의 글들도 보이는 것 같았다.

긴 머리칼이 바람에도 떨었다. 거실에 바람이 있다는 것을 보고 창문을 훑어보았다.

곧 반쯤 열린 베란다 문을 발견했다. 다시 얼굴을 보려고 초점을 맞추고 여자가 고개 들기를 기다렸다.

탐색하는 일에 집중하다보니 눈이 아른거렸다. 고개를 들지 않고 책읽기에 열중하는 모습을 훔쳐보는 것도 괜찮았지만 얼굴을 똑바로 보고 싶어졌다.

잠시 눈에 통증을 느껴 망원경을 내려놓고 눈을 눌러보았다. 몇 번 망원경의 렌즈를 바라보고는 선명하게 보여주는 망원경이 좋아 크게 웃었다.

베란다 유리엔 먼지 때문에 얼룩져 있었다. 문을 열어 여자처럼 바람이라도 맞아보고 싶은 충동이 일었다.

몇 번을 망설인 끝에 문을 반쯤 열었다. 봄바람이 거실로 들어오고 앞집이 환하게 다가왔다.

푸른색의 인조 가죽으로 만들어진 소파에 앉아 일거수일투족을 세밀하게 관찰했다.

오후의 햇살이 누워 거실이 시간이 갈수록 번들거렸다. 가끔씩 거실 안으로 센바람이 들어왔다.

이렇게 문을 열고 오래있으면 거실 바닥이 먼지 때문에 서걱거릴 거라 생각도 했지만 가까이 그녀를 맞을 수 있어 그냥 놔두었다.

책을 읽다 갑자기 일어섰다. 긴장하고 행동을 주시했다. 한참 동안 바라보다 안으로 사라졌다.

짧은 시간 동안 긴장과 전율이 동시에 등줄기를 타고 내려왔다. 갑자기 어디로 들어간 걸까. 생각하다 다시 망원경을 집어 들었다. 망원경으로 여러 개의 방문을 하나하나 훑어보았다.

잠시 후 한 개의 방문에서 캔버스를 안고 나오는 여자를 맞았다. 이젤을 거실 중앙에 빠르게 설치했다.

갑작스런 행동이었다. 얼굴을 가리고 있는 머리칼, 머리칼 때문에 얼굴을 볼 수 없었다.

며칠 동안 보이지 않았던 얼굴을 똑바로 보고 싶어 여자의 움직임에 따라 망원경을 움직였다.

십 분쯤 지나자 준비가 끝났는지 캔버스 앞에 다가섰다. 긴 머리칼이 방해되는지 손으로 쓸어 올렸다.

환하게 스치는 하얀 얼굴…… 순간 망원경을 방바닥에 내려놓았다. 몽환 속에 있는 사람처럼 한동안 여자 쪽을 바라만 보고 있었다.

"그녀가 그녀라니……"

실어증에 걸린 사람처럼 중얼거렸다. 분명 망원경 속에 나타났던 여자는 알고 있는 여자였다.

헌혈의 집에서 보았던, 마지막 날이라며 인간으로 살아있음을 알려준, 소파에 힘없이 앉았다. 무거운 체중에 거실 바닥이 내려앉을 것 같았다.

잘못 본 것이 아닐까 생각하고 다시 망원경을 집어 들었다. 더 확실히 보아야겠다 생각하고 배율을 높여 보았지만 높일수록 목표물은 흐렸다. 분명 그 여자가 그 여자였다.

망원경을 내려놓고 여자와 만났던 지난날을 생각해 보았다. 앞 동에서 무엇인가를 상상하며 그리고 있는 창조 작업과 붉은 피를 바라만 보고 있었다던 헌혈의 집의 일들, 이해할 수 없는 행동들이었다.

몇 시간을 소파에 앉아 보내고 어둠이 칙칙하게 내려앉은 밤에서야 겨우 정신을 차릴 수 있었다.

불을 켜지 않은 거실에 시간이 갈수록 어둠이 깊게 쌓여갔다. 낮에 열어 두었던 베란다 창으로 싸늘한 바람이 밀려들었다.

힘없이 거실을 가로질러 베란다로 나갔다. 앞집엔 여자가 나갔는지 벌써 불이 꺼져있었다. 베란다 문을 닫고 외출복을 찾았다. 신발장 위에 올려놓은 외출복이 부드럽게 만져졌다.

먹장같이 깊어지는 어둠이 좋았다. 깊어지는 어둠 속에서 옷을 입고 문을 나섰다.

어둠이 깊어질수록 짙은 안개가 내려와 앉았다. 기온의 차이 때문인지 이곳의 기후는 종종 이랬다.

사람들은 안개로 흐려진 밤길에 외톨이로 잘도 걸어 다녔다. 지나가는 사람들의 표정 없는 모습이 같은 동족으로서의 느낌을 깊이 받았다. 그것은 외톨이라는 것이고 그들이 모여 안개도시의 공동체를 이루고 있다는 것이 마음에 들었다.

봄으로 계절이 바뀌어가자 안개가 더욱 깊어지니 발걸음이 가벼웠다. '어둠에다 그것도 모자라 안개라니' 혼잣말을 하며 걸었다.

가로등에서 주황색 실이 뽑아져 나왔고, 차량들은 질주하며 안개 속으로 사라졌다. 도심의 한가운데 서있는 동수는 바다 한가운데 떠있는 멍텅구리배 안에 혼자있는 느낌이 들었다.

한참 동안 도심을 떠돌아 다녔다. 가끔씩 실없이 웃기도 했고, 외톨이가 되어 지나가는 사람들과 어깨를 부딪쳐 보기도 했다.

이야깃거리가 자꾸만 생각났다. 여러 생각하며 자기 자신과 이야기를 해보기도 했다.

한참을 떠돌다보니 십 미터 앞도 보이지 않았다. 짙은 안개가 침묵같이 도심을 잠재웠고 도시의 이방인들은 그것을 즐기고 있을 뿐이었다.

어디선가 들려오는 꽹과리 소리를 따라갔다. 한참을 따라가니 그 소리는 문화회관에서 들려오는 소리였다. 안개 속을 헤치고 소리가 들려오는 광장으로 들어섰다. 그곳에는 구경하는 사람들이 많았다. 그 사람들은 하나같이 짝이 없었지만 안개 속에서 서로 어우러져 있었다. 이런 저녁에 어울리는 소리는 분명 아니었으나 많은 사람들은 안개 사이를 비집고 들어가 그들을 관람했다.

광장 모퉁이에서 펼쳐지고 있는 한차례의 춤판. 사람들 틈으로 머리를 디밀었다. 괴상스런 탈을 쓴 일곱 명의 사람들이 춤을 추고, 가끔씩 한쪽 다리를 들고 희열을 표시하는 탈, 무엇 때문인지 비통해하는 탈도 있었다.

점점 탈 속으로 빨려 들어가는 것을 느꼈다. 몇 개의 조명 등은 주황색 톤의 파스텔처럼 부드러운 질감을 뿜어내고 있었다. 탈속에 든 사람의 얼굴을 기억해 내려고 여러 사람의 얼굴을 상상했다.

문득 자기의 얼굴을 탈 속에 넣어보았다. 자신의 얼굴이 탈을 쓴 사람 속에 들어있을 거라는 착각이 들자 현기증을 느꼈다.

누군가를 드러내지 않기 위한 탈들의 춤사위, 어쩌면 지금까지 살아온 삶의 방식이 이런 것인지 모른다고 생각했다.

꽹과리 소리를 듣지 않으려고 귀를 틀어막았다. 탈을 쓴 사람들의 움직임을 보지 않으려고 눈을 감았다. 한참 동안 사람들 틈에 끼어 서있으니 환청이 들리고 이마에선 식은땀이 났다. 그 자리에 주저앉았다.

안개가 짙어 춤사위를 하는 사람들이 앞으로 지나칠 때마다 클로즈업되어 나타났다가 사라졌다.

그들의 동작과 표현은 어색한 구석이라고는 없고 다른 형상으로 나타나는 다른 탈들과 조화를 이뤘다. '살아가는 방식'이라고 혼잣말을 했다.

탈춤이 끝나자 한 사람씩 한 사람씩 자리를 떴다. 그 자리에 앉아 비워져 가는 광장의 안개를 들춰보았다. 마치 흰 솜

푸른 멍텅구리배

털처럼 부드럽게 생긴 커튼이 내려져 있는 듯했다.

한판의 춤을 끝마치고 어디론지 사라져버린 탈들을 찾아보지만 광장 구석엔 아무것도 보이지 않았다. 텅 빈 광장의 모퉁이, 아무도 보이지 않지만 보는 이 또한 없었다.

자리에서 일어나 안개 속으로 들어갔다. 건물에서 내뿜는 간판의 형광 물질이 안개를 뚫고 거리로 쏟아졌다.

걸음걸이를 할 때마다 다가오는 불빛이 길을 안내해 주고, 그 안내에 따른 어색한 움직임. 그러나 그 모양새는 자연스러웠다.

붉은 글씨의 형광체가 아스팔트길로 내려앉는 칸타빌레라는 글귀, 마치 그곳으로라도 가려고 했던 사람처럼 주저하지 않고 계단을 올랐다.

석회를 덕지덕지 바른 계단실 벽엔 누렇게 먼지가 앉아있고 고전적인 무늬와 색깔로 장식된 출입문은 지옥문을 연상케 했다.

문을 밀치자 컴컴한 실내가 눈에 들어오고 주황색 빛을 토해내는 전등이 그네를 타는 것처럼 늘어져 있었다.

예약된 자리를 찾는 사람처럼 문 앞에서 실내의 분위기를 살폈다. 계산대에서 뚱뚱한 주인 여자와 이야기하던 어린 소년이 행동을 관찰했다.

어둠 속에서였지만 그 애의 얼굴은 마치 흰색의 형광체처럼 빛이 나고 그 뒤에서 서있는 주인 여자의 얼굴은 언젠가 보았던 렘브란트의 아이를 안고 있는 아줌마 그림을 연상케 했다. 소년이 다가와 고개를 숙였다.

"이쪽으로 오시지요."

소년은 얼굴에 미소를 띠며 자리를 안내했다.

소년이 안내해준 테이블로 들어서 깜짝 놀랐다. 커튼 안에는 여자가 먼저와 혼자 술을 마시고 있었다.

"이분 찾아오셨죠?"

소년이 말했다.

"웬일입니까?"

그 여자였다. 매일같이 훔쳐보았던, 동수 자신의 피가 뽑혀져나가는 것을 쭉 지켜봐 왔던 그 여자. 약속도 없이 찾아온 동수를 올려보며 놀라는 표정을 했다.

자기와 같은 아파트에 살고 있고, 자신이 그리고 있는 것을 훔쳐보고 있다는 것을 까맣게 모를 것이라 생각하니 도둑질하다 들킨 사람처럼 얼굴을 똑바로 바라볼 수 없었다. 일단 시치미를 떼고 여자가 무엇을 하는 사람인지 확실히 알아야겠다고 생각했다.

"그렇게 서있지만 말고 이리 앉아요."

취해있는 음성이었다.

"어쩐 일로……"

말을 건넸다.

"내가 묻고 싶은 말이네요."

미리 약속한 일이 아님을 안 소년은 멋쩍게 서있었다. 앞자리에 앉자 그때서야 소년의 핏기 없는 얼굴이 밝아졌다.

"여기 잔 하나 더 가져와요."

여자가 잔을 주문하고 뚫어져라 바라보았다. 여자의 이글거리는 눈빛을 피해 일없이 테이블 위에 있는 빈 병을 바닥에 내려놓았다.

"술 더하시겠어요?"

소년이 말했다.

"몇 병 더 가져와요."

그렇게 말한 여자는 소년의 뒷모습을 한참 동안 뚫어져라 바라보았다.

"저 녀석 어때요."

여자가 말했다.

"무슨 뜻인지?"

탐욕스런 눈빛이 불쾌했다.

불쾌감을 짐작했는지 서둘러 술잔에 술을 채웠다. 맥주의 흰 거품이 술잔을 따라 미끄러져 내려왔다. 맥주잔에 입을 대고 맥주의 거품을 들이마셨다.

"요즘도 헌혈의 집에 갑니까?"

뚫어져라 바라보며 말했다.

"그것이 내 취미이고 유일한 일인데……"

"일요? 호호호."

갑작스럽게 천박스런 웃음을 웃어댔다. 자기의 탐욕을 숨기려는 웃음소리. 그 웃음소리는 아파트 앞 횡단보도에서 신호음으로 들려오는 영광의 노랫소리와 흡사했다.

영광의 노랫소리…… 많은 사람들이 둘러앉아 있는 사람들을 그려냈다. 담배연기로 자욱한 실내, 그 실내에는 삼사십 개의 슬롯머신이 있었고, 슬롯머신 앞에 한 사람씩 앉아 기계와 싸움질을 하고 있었다. 그 사람들의 대부분의 표정은 밝지 않았지만 집념이 가득해 보였다.

그 안개 속 같은 담배연기 사이로 이따금씩 소리치는 사람이 있고, 소리치는 사람 뒤로 언제나 영광의 노랫소리가 들렸다. 그 소리가 들리면 주위에서 게임을 즐기는 탐욕의 눈길이 순간적으로 그곳으로 쏠리고, 부러움에 한숨을 내쉬는 사람들이 있었다. 탐욕이 발기한 현상같이…… 그 상황을 보고부터는 영광의 노랫소리를 들으면 탐욕으로 가득 찬 사람들이 연상되었다.

"헌혈의 집에 학생이 왔다면서요."

생각에 잠겨있자 갑자기 말했다.

"예."

"사실은 인사도 할 겸해서 그곳에 들렀었는데 왔다 갔다더 군요."

"그랬어요."

"여기 이 손을 봐요."

손목을 덮고 있는 옷을 걷어 보였다. 창백하리만큼 하얀 손목에 실금이 몇 개 그어져 있었다. 그 흉터를 더 가까이 바라보았다.

"호호호 뭘 그렇게 세밀하게 바라봐요."

"어떤?"

두려운 얼굴로 여자를 바라보며 말했다.

"너무 그렇게 보지 말아요. 당신도 나와 같은 부류의 인간으로 알았는데, 다만 틀린 것이 있다면 당신은 자신을 페인팅하고 있다는 것이고 나는 직접 내가 하고 싶은 일을 하는 것이고…… 그것이 당신과 나와는 다른 건데……"

"무슨 뜻인가요."

"아무 뜻도 없어요."

여자를 노려보았으나 고개마저 지탱하기 힘들었는지 고개를 숙이고 있었다.

"안개가 짙어요."

생각에 취해있는 표정을 바라보며 말했다. 안개라는 말을 듣고 두려운 시선을 보냈다.

"제가 잘못한 거라도 있는 겁니까?"

빠르게 자기의 표정을 숨겼다.

"짙은 안개는……"

안개에 얽힌 어떤 일을 생각하고 있는 것 같았다.

한참 동안 침묵이 계속됐다. 안개 낀 밖의 분위기와 흡사한 침묵이었다. 소년이 기억하고 있는지 테이프를 바꿔 끼었다. 조용하고 무거운 첼로 음악이 바뀌지고 테너 음이 작은 홀 안에 차곡차곡 쌓여갔다.

"선생님이 좋아하는 음악이네요."

혼잣말처럼 말했다.

말을 듣지 않은 것처럼 시치미를 떼고 눈을 감았다. 여자는 혼자서 술을 들이켜고 술잔을 내려놓았다.

일본인과 함께 여행했을 거라는 생각과 그 일본인과 관계했던 여러 가지 성행위의 체위들이 눈에 그려졌다. 생각이 깊어지자 차츰 참을 수 없이 숨이 막혀오는 것을 느꼈다.

심한 갈증. 단숨에 술을 들이켜고 여자를 바라보았다. 눈을 감고 음악을 듣고 있는 것인지, 어떤 생각에 잠겨있는 것인지, 움직이지 않았다.

그 일본인을 생각하고 있을지 모른다는 생각이 들자 참을 수 없는 분노가 술과 함께 뱃속으로 들어가는 것 같았다.

"술 한 잔 더하시죠."

눈을 뜨며 의도와는 관계없이 술잔에 술을 따랐다. 술병을 든 여자의 하얀 손을 보며 일본인 남자에 대해 말해볼까 생각하다 하릴없이 술만 들이켰다.

여자가 말을 하려고 더듬거리다 술잔을 집어 들었다. 좁은 홀에 가느다란 고음의 테너 음성이 구슬프게 흘러나오고 있었다.

"이곳을 자주 찾나 봐요."

눈을 크게 뜨며 바라보았다.

"그때 한번 온 후로 두 번째죠."

술잔을 들며 여자를 바라보았다. 벌써 술에 취해있고 주황색 톤의 실내등 때문인지 술기운 때문인지 눈 주위에 붉은 기운이 가득했다.

"안개가 심해요."

작은 창으로 밖을 내다보며 말했다.

"안개비라도 내릴 것 같군요."

창밖 안개 속을 뚫어져라 바라보고 있었다. 마치 어떤 것에 흠뻑 취해있는 것 같이……

한 마리의 비 맞은 비둘기와 흡사했다. 창에 비친 여자의 두 눈동자는 우수에 젖어있었다.

헌혈의 집에서 자원봉사를 하며 자신의 혈관에서 피를 뽑던 모습이 눈에 선하게 떠올랐다.

눈을 자세히 바라보다 두 눈이 서로 다르다는 것을 발견했다. 분명 한쪽 눈이 다른 쪽보다 크고, 그 눈동자는 흐렸다. 마치 고물 망원경으로 바라보던 렌즈처럼. 갑자기 여자를 훔쳐보던 집에 있는 고물 망원경을 생각했다. 렌즈에 먼지가 묻어있는 것 같은 흐릿한 모습이 성가시게 다가왔다. 무의식중에 눈을 비볐다.

"왜 그래요."

고개를 숙이며 말했다.

안개라는 말에 흠칫 놀랐던 표정을 상기하며 눈치를 살폈다.

"요즘엔 눈병이 많아요, 웬 미세먼지가 그렇게 심한지……"

그렇게 말하고 표정을 살폈다. 딴전을 피우고 있던 여자가 고개를 들고 술을 권했다.

고개든 눈동자를 다시 자세히 바라보았다. 눈동자에 찍힌 흰 반점이 진주에 티를 상상하게 했다. 슬픈 과거가 있는지 한숨을 내쉬고는 술잔을 만지작거렸다.

침묵하고 있는 동안 음악이 자리를 메웠다. 여자가 바라보았던 창밖을 내다보았다. 뿌연 어둠이 회색빛으로 물들어 있었다.

눈이 반짝이는가 싶더니 어느새 진주 같은 눈물이 또르르

푸른 멍텅구리배

테이블 위로 굴러 떨어졌다.

"이 병은 내가 키운 병이에요."

손으로 눈을 훔친 여자가 말했다.

동수는 말없이 여자만 바라보았다.

"나을 수 있는 병인데도 고치지 않았죠, 마치 선생님이 겪고 있는 열병처럼 말이죠. 그 열병 때문에 선생님과 술을 마시고 싶었어요."

수치심이 들었다. 병을 알고 있었다니, 어디까지 자신의 병을 알고 있는지 궁금했다.

"병을 키워요?"

이해가 되지 않았지만 한편으론 이해가 되기도 했다.

"언젠가는 알게 될 겁니다. 자기를 버린다면 말이죠."

"자신을 버리다니요."

"당신은 중독된 사람처럼 보여요."

"중독요?"

"그래요."

이해가 되지 않았다.

"제가 어디에 중독됐다고 생각되나요."

"정말 모릅니까?"

마치 하급의 인간처럼 바라보며 여자가 말했다.

"당신은 당신 자아에 중독된 거지요. 벗어나지 못할 만큼 깊이."

점점 더 어려운 말을 했다. 술이 취하는지 어떤 것을 털어
내듯 고개를 흔들었다. 긴 머리칼이 얼굴을 덮었고 여자의 작
은 어깨가 가늘게 떨었다.

어떤 일에도 굴하지 않을 것 같았던 여자가 눈물을 흘렸다.
시간이 갈수록 작은 어깨의 떨림이 크게 감지되었다.

자리에서 일어나 어깨에 손을 얹었다. 가냘픈 어깨가 한 손
에 잡힐 것 같이 좁았다. 여자는 가슴으로 파고들며 흐느꼈
다. 한동안 가슴 안에서 그렇게 울던 여자가 조용히 말했다.

"나가요."

눈물을 훔치고 당당하게 팔짱을 꼈다. 소년이 여자의 행동
을 보고 의아한 표정을 했다.

거리에 나서니 어둠이 깊어진 도심에 안개가 자욱했다. 회
색빛 도심은 밤이나 낮이나 색상의 질감만 다를 뿐이었다. 가
끔씩 지나가는 차량 전조등 불이 안개를 가로질러 영사기의
불빛이 어둠을 가로지르는 것처럼 보였다. 사람들이 허우적
거리는 모습과 각진 모습들의 건물이 클로즈업되었다가 다시
사라졌다.

목긴 공룡의 머리 같은 주황색 가로등 사이로 앞을 볼 수
없는 안개 속의 길을 허우적거리며 걸었다. 팔짱 낀 여자의
무게조차 견디기 힘든 밤이었다.

자꾸만 여자가 말했던 이해할 수 없는 말들이 귀에 가시처럼 박혀왔다. 그때마다 당당한 여자의 가냘픈 모습을 생각해 보았다.

흐느적거리며 계속해서 따라온 여자는 어느 순간부턴가 가쁜 숨을 몰아쉬고 있었다. 매달려 있기도 힘이 들어서인지 욕구가 한계에 이르러선지 분간하기 어려웠다. 여기쯤이라 생각하고 잠시 멈춰 서서 심호흡을 했다.

짙은 안개 속에서도 각인된 골목이 보였다. 끝이 보이지 않는 터널처럼 생긴 골목, 익숙한 골목이었다. 개가 있을지 모른다는 생각을 하며, 개가 있었던 곳으로 조심스럽게 들어갔다.

머릿속으로 사나운 개가 나오면 어떻게 할까? 생각도 해보았지만 마땅한 생각이 떠오르지 않았다. 개가 나타나면 어떻게 되겠지, 하고 무작정 발걸음을 옮겼다. 다행히도 골목을 다 지나가도록 개는 나타나지 않았다.

개의 두려움이 사라지자 안개 속에 보이는 간판 등이 서서히 클로즈업되듯 다가왔다. 작은 흥분이 온몸에 전달되자 몸이 부르르 떨려왔다.

여관 앞에 서서 잠시 생각했다. 여자의 무엇을 원하고 있는 것일까 하는, 쾌락, 본능, 그런 것들인가? 하지만 그런 것들은 아닐 거라고 자신에게 반문하며 살아있는 것들의 행동이

라 치부했다. 여자가 팔짱 낀 손을 흔들며 재촉했다. 흠칫하
며 놀랐다. 여자의 재촉으로 문을 밀치자 주인 여자가 웃음을
머금고 다가왔다. 주인 여자가 알고 있다는 것이 부끄러웠다.
주인 여자는 돈을 받자마자 방 열쇠를 내밀었다. 303호의 키
를 받아들고 여자를 승강기 속으로 밀어 넣었다. 승강기의 움
직이는 시간이 길게 느껴졌다. 승강기에서 내리자마자 여자
는 팔짱을 풀고 방을 찾아갔다. 여자 뒤를 멍청히 따라갔다.

방에 들어서자마자 여자가 목을 끌어안고 키스를 요구했
고, 숨 쉴 틈도 주지 않고 격렬하게 혀를 움직였다. 얼마 동안
격렬하게 움직이던 여자는 힘이 빠졌는지 손을 풀고 침대에
쓰러지며 말했다.

"왜 이렇게 너와 쉽게 익숙해졌는지 모르겠어."

안개의 밤처럼 탁하고 부드러운 여자의 목소리가 가슴 깊
숙이 전달되었다. 더 이상 생각할 필요를 느끼지 않고 여자의
냄새 속으로 빨려들며 정렬을 다했다.

정신없이 섹스에 몰입하다 한순간 여자를 내려보았다. 눈
이 마주쳤다. 여자는 정렬을 쏟는 동안에 동수의 행동들을 빤
히 바라보고 있었다.

동물적인 감각들을 바라보고 있었다는 생각이 들자 두려움
과 비겁함이 동시에 느껴졌다. 갑자기 열정이 식어갔다. 여자
와 마주친 한 눈이 갑갑하게 마음속으로 전달되었다. 마치 고

무풍선에서 바람이 빠져나가듯 부풀었던 모든 힘이 한꺼번에 빠져나갔다.

싸늘해져 가는 느낌을 알아차렸는지 의아한 표정을 지었다. 자신이 없을 때면 나타나던 비참한 어머니의 모습이 여자의 모습과 뒤엉키며 잠이 쏟아졌다.

머릿속에서 어머니의 모습이 자꾸만 빙빙 돌았다. 술을 많이 마신 탓이라고 혼자 생각해 보기도 했지만 어머니의 모습이 너무도 선명했다. 어머니의 흰 치마에 묻어있던 아버지의 그림자도 선명했다.

어지러워 더는 똑같은 자세로 있지 못하고 신음하며 여자 위에서 내려왔다. 왜 어머니 치마폭의 검붉은 피가 도화지 위의 선홍빛 색깔로 변해있는지 알 수 없었다.

가물가물 잠이 들며 수진이의 젖가슴이 그려졌고, 깊고 부드러운 잠 속으로 깊숙이 빨려 들어갔다.

창백한 백색의 햇살. 더 이상 눈을 감고 있을 수 없었다. 뒤척거리다가 일어나 앉았다.

이불로 얼굴을 묻은 여자는 아직도 잠에서 깨어나지 않았고, 침대 옆 방바닥엔 아무렇게나 던져진 여자의 팬티가 말려 있어 사용한 휴지조각처럼 버려져 있었다.

창밖에 있는 나뭇가지의 그림자가 바람에 움직이며 벗어놓은 팬티를 어루만졌다. 팬티를 주워 말린 부분을 중요한 것인

양 조심스럽게 펼쳐보았다. 그 속에서 활짝 핀 붉은 장미 한 송이가 수줍게 바라보고 있었다.

마음속으로 일본인에게 얼마나 많은 농락을 당한 것일까 생각하니 안쓰럽기까지 했다.

생각하고 있었던 일이 사실이었다는 생각은 하찮은 팬티의 그림에서도 연상되었다. 아마 그 일본 사람은 분명 이런 문양을 좋아했을 거라는 생각에 누워있는 여자를 다시 한 번 바라보았다.

가련한 여자를 이렇게 만들었다는 생각에 그 일본인을 어떻게든 찾아내 응징을 해야겠다고 다짐했다.

한동안 일본인을 찾을 방도를 골똘히 생각했다. 이제 그 적산가옥에 가면 만날 수 있었던 일본인도 만날 수 없고 할 수 있는 일이라고는 형체도 모르는 일본인들하고 이야기를 주고받았던 사람을 다시 찾아야 한다는 생각으로 가득했다.

고른 숨을 쉬면서 자고 있는 여자를 바라보고 여자에게 알아보면 쉽게 알 수 있으련만 적산가옥의 일본인이 말하여 준 것을 생각하며 그만두었다.

일본인이 말했던 것처럼 만나고 다닌다는 일본인을 더 좋아하고 있는지 모를 일이었다.

그 생각이 떠오르자 그곳에 남아있을 이유가 없어졌다. 자리에서 일어나 여자를 노려보고는 밖으로 나왔다.

푸른 멍텅구리배

밖은 미세먼지로 자욱했다. 사람들은 누런 공기를 마시지 않으려고 마스크를 하고 다녔다. 옆으로 지나가도 누구인지 알 수 없었다.

이 사람들 중 혹시 있을 그 일본인이 있을 수 있다는 생각에 지나가는 사람을 관찰하였다.

햇볕이 마치 고흐의 그림을 연상시켰다. 밝지 않은 고흐의 그림은 늘 무엇을 상징하고 있었다.

집으로 향하면서도 좋은 기분이 아니었다. 여자가 여관에 있어 관찰할 필요도 느끼지 않았기 때문에 할 일이 없다는 것뿐이었다.

할 일이 없다는 것이 얼마나 비참하고 서러운지 이제야 피부로 느낄 수 있었다.

15

    고모 집 뒤에도 대나무숲이 있었다. 집에서 들었던 대나무숲의 소리와 고모 집에서 들리는 대나무숲의 소리는 확연히 달랐다.

    집에서의 바람소리는 늘 사나운 소나기 소리 같았지만, 고모 집에서 들었던 소리는 대부분 겨울철 상록수 나무 위로 내리는 소리와 눈밭을 조심스럽게 걸어오는 발짝 소리처럼 사락사락하고 들렸다.

    그 소리는 어느 땐 소곤거리는 사람의 목소리와 흡사했다. 가끔씩 신경이 쓰여 뒤쪽으로 터진 창문을 열고 그 소리가 들려오는 대나무숲을 바라보았다. 그렇게 창문을 열고 있으면 사람이 없다는 것을 알 수 있어 마음이 편하기도 했지만 문을 닫으면 항상 감시자의 목소리 같은 소리에 긴장을 더하게 했다.

성장하며 어려운 일이 있을 때면 아버지의 비참했던 모습과 아버지 시신을 추스르던 어머니의 모습이 눈에 선하게 다가왔다. 굿을 하던 굿판의 북소리와 꽹과리 소리가 기억 속에 각인 되어 아무리 잊으려 해도 그 일은 지워지지 않았다.

어느 날이었다. 해가 들녘으로 넘어가고 있었다. 대나무의 그림자가 방안에까지 들어와 있을 때 연필을 깎다 손을 베었다. 섬뜩한 한순간이 지나자 붉은 피가 흘러나왔다. 피를 막으려 하지 않고 흰 도화지 위에 핏방울을 떨어뜨려 보았다.

피가 계속 흘러나왔으나 지혈을 하지 않았다. 손가락이 너무 깊게 베어 지혈이 잘되지 않았다. 한 방울씩 한 방울씩 떨어지는 핏방울을 바라보고 있으니 흰 치마를 입고 아버지의 시신을 추스르던 어머니의 형상이 또렷하게 보였다.

정신이 몽롱할 때까지 피를 흘리고 의자에서 쓰러졌다. 그후엔 아무것도 기억에 없었지만 꿈속에서는 고향의 대나무밭에서 뛰어놀았다. 그 대나무밭에는 낫으로 베어낸 날카로운 대나무 밑동들이 수도 없이 보였고, 한 번도 다치지 않고 그 사이 사이를 뛰어다녔다.

그런 꿈을 깬 것은 다음날 아침이었다. 깨어날 수 있었던 것은 누구의 도움도 없이 피가 자동 지혈이 된 거였다. 장판에 흘러있던 피는 이미 굳어있어 잘 지워지지 않았다. 피를 지우며 내내 어머니 치마 위에 묻어있던 아버지의 피를 상상했다.

그 시절엔 어울릴만한 친구도 이해해 줄 만한 사람도 없어 늘 혼자였다. 가끔씩 어둑해져 가는 대나무밭에 들어가 긴장 속에 어둠을 맞는 숲의 밤을 지켜보았다. 그곳의 밤은 검은색보다는 진한 코발트 색조가 더 많았다.

국수 가닥처럼 늘어선 왕대들이 하늘을 향해 우산을 펼치고 있었지만 서늘한 기운은 늘 그 안에 머물고 있었다.

대나무밭에 어둠이 시작되고 있을 때 산비둘기들이 떼를 지어 날아들었고, 비둘기들은 대나무 위에서 편안한 잠자리를 찾느라고 이곳저곳으로 자리를 바꿔가며 바스락거렸다.

대나무 마른 잎 때문에 바스락거리는 소리를 내지 않으려고 움직이지 않고 쭈그리고 앉아 비둘기들의 쉬던 보금자리를 올려다보았다. 자리를 뒤척이다 안전해졌다 생각한 비둘기들은 그때부터는 움직이지 않고 자기가 여기 있다는 듯 구구 소리를 냈다.

대나무숲은 조용하다가도 한차례씩 바람에 흔들거리며 서로 몸을 비볐다. 우산 모양의 대숲 위에서 흔들의자를 앉은 비둘기들은 잠이 들었고 한밤중이 돼서야 그곳을 빠져나오곤

했다. 방과 후부터 밤까지는 그렇게 보내는 날이 많았다.

고모부가 동수의 존재를 의식하기 시작한 것은 고등학교 2학년 때부터였다. 학교에서 담임선생이 대학교 진학문제로 집을 방문했다. 선생은 넉넉지 않은 환경을 생각했는지 동수는 대학진학을 해야 한다고 고모부를 설득했다.

그때까지만 해도 고모부는 대학교까지의 진학은 가정형편상 엄두도 내지 않았기 때문에 생각지도 않은 일이었다.

담임선생이 떠나고부터 고모부는 며칠 동안 고민했다. 그러던 어느 날이었다. 고모부는 불쑥 말을 꺼냈다.

"너를 대학에 보내기로 결정했다."

고모부는 비장하고 씁쓸한 표정을 하며 의중을 살폈다.

"고맙습니다. 아버지."

그때까지 한 번도 하지 않았던 아버지라는 말을 서툴게 했다.

아버지라는 말의 대가는 컸다. 그동안 호적은 정리됐으나 확실히 자기의 대를 이을 자식이라는 생각을 하지 않았던 고모부는 그때부터 자기 자식이라고 확신했는지 자기의 대를 잇기 위한 첫 조치로 마을을 떠날 것을 결심했다.

"이사 갈 작정이다."

고모는 고모부의 결정을 미리 알고 있었는지 말없이 고모부의 말을 듣고 있었다.

어둠 속에서 이사 후의 일들을 그려보았다. 어수선한 분위기가 머릿속에 그려졌다. 고모와 고모부는 이사 간다는 말만 던져놓고 말없이 앉아 한동안 바라만 보고 있었다. 긴장 속 죽음 같은 침묵이었다.

"어디로 갈 모양이유."

한참 만에 고모가 알아듣도록 고모부에게 말했다.

"넌, 할 말이 없냐."

고모부는 고모의 말엔 아랑곳하지 않고 말했다.

고모부가 침묵하고 있었던 것이 의견을 듣기 위함이라는 것을 알고, 몇 번을 망설인 끝에 겨우 입에서 맴도는 말을 쏟아냈다.

"어디로 가는지……"

"네 학교문제도 있어 강경으로 정했어."

강경은 다니고 있는 학교를 가운데 두고 정반대 방향이었다. 그곳은 고모부 고향이기도 했고, 고향을 떠난다면 분명 그곳으로 갈 거라는 생각도 해보았던 곳이었다.

"그곳은 아버지 고향 아닙니까. 그곳에서 살았으면 했었어요."

그렇게 말하자 두 사람 사이에서 눈치만 보고 있던 고모는 대답이 시원스러웠는지 얼굴이 환하게 펴졌고, 그때서야 강경에 대해 좋은 선입견을 가질 수 있는 말들을 수다스럽게 늘

어놓았다.

고모부는 그 일이 있고 얼마 지나지 않아 전 재산을 서둘러 처분했다. 제값은 받지 못했으나 아쉬워하지는 않았다.

강경으로 떠나기 전날 밤 아버지와 어머니가 누워있는 묘지 주위를 서성거렸다.

다른 날 같았으면 잔디에 앉아 하늘의 별자리라도 관찰했겠지만 그럴만한 마음에 여유가 없었다.

동수는 말라있는 잔디를 손으로 더듬어보며 이별을 아쉬워했다. 부모가 따라 갈 수 없는 먼 곳으로 떠나갔지만 한 번도 부모가 곁에 없다는 것을 생각해 보지 않았었다. 하지만 낯선 곳으로의 이사는 간직하고 있던 모든 마음의 위안거리를 빼앗아 가는 것만 같았다.

누런 황산강을 낀 강경 읍내는 고향과는 너무도 달랐다. 흙냄새도 익숙지 않았고 그 흙에서 자라나는 식물도 달랐다.

황토 구릉지에 피어올랐던 뿌연 먼지도 없었고, 늘 대나무 밭 울타리에 서서 지켜보아 왔던 눈물처럼 떨어지던 황혼도 볼 수 없었다.

강가 오두막을 나와 가끔씩 강 주변을 걸어 다녔다. 강가엔 억새와는 비교가 되지 않을 만큼 키가 큰 갈잎이 짙푸르게 넘실거렸다. 키 큰 갈대가 좋은 인상은 아니었다.

가끔씩 황혼 무렵 강가에 앉아 고향 황토의 저녁 노을을 생각하곤 했다. 붉은 눈물 위에 흩뿌려지던 억새의 하얀 목 울음소리를 생각했다. 그곳에서의 기억은 늘 억새뿐이었다.

집은 다 쓰러져가는 울타리도 없는 집이었다. 마당이 깊어 비가 오면 마당에 빗물이 흥건하게 고였다. 그때마다 아버지는 구멍이 막혔다며 마당 한가운데를 삽으로 파냈다. 그렇게 하면 어디로 흘러내려 갔는지 물은 곧 바닥을 드러냈다.

앞집도 집은 흡사했다. 왜 마을 사람들이 울타리를 하지 않고 살았는지는 알 수 없지만 울타리가 없어서 앞으로 펼쳐진 넓은 평원 같은 논을 마루에서 바라볼 수 있었다.

바람이 부는 날에는 바람이 문 앞까지 다가와 문지방에서 서성거렸다. 그럴 때면 밖으로 나가기도 싫었다.

강둑이 높아 바람을 막기는 했지만 정반대 방향에서 부는 날에는 더 센 바람을 맞았다.

겨울에는 눈도 많이 내렸다. 황토 언덕에 있는 고향의 집과는 너무도 환경이 달랐다. 황토 언덕에 있던 고향의 집에는 봄이면 늘 황사가 눈앞에서 아른거렸지만 강경은 황사바람과는 다른 바람이었다. 먼 곳 들판에서 불어오는 바람은 늘 거칠 것이 없이 적진을 쳐들어가는 군마처럼 닥쳐왔다.

아버지와 어머니가 된 두 분은 늘 이른 아침에 집에서 가까운 젓갈공장으로 나가 일을 하고 저녁이 되어야 집으로 돌아왔다.

푸른 멍텅구리배

두 분이 들어온 때에는 옷에서 젓갈냄새가 가득했다. 그 짠 냄새는 지금도 기억에서 지워지지 않았다.

16

여자를 만났다. 적산가옥의 일본인과 대화를 하고 만나려 하였으나 쉽게 만날 수 없어 여자를 먼저 만나려고 주변을 두리번거렸다.

주차장에서 기다려 나오기를 기다렸다. 늘 이 시간이 되면 주차장으로 걸어갔다.

얼른 그곳으로 따라가 아는 체하였다.

"여긴 웬일이죠?"

"이곳에 일이 있어 이렇게 왔습니다. 이곳에서 일을 하는 경비도 아는 사람이고."

"아 그랬어요. 어디로 가시나요?"

"이제부터는 할 일이 없습니다. 막 나가려던 참이었죠."

"그럼 차에 타세요."

차에 오르니 반가운 얼굴로 바라보았다.

"사실 저도 갈 곳이 없었어요. 늘 이렇게 이 시간이 되면 집을 나갔는데 약속이나 한 것처럼 만났네요."

"은파를 한 번 다녀오는 것이 좋을 듯합니다."

"좋은 생각입니다."

차는 쏜살같이 은파 쪽으로 향했다.

은파 주차장에 차를 주차시키고 둘이서 걸었다. 은빛 물비늘이 반짝이는 호수는 잔잔했다.

호수를 바라보고 있는 나무벤치에 앉아 호수를 바라보았다. 이렇게 호젓한 곳에서 만나기는 처음이었다. 말없이 호수만 바라보고 있던 여자가 말했다.

"무엇하고 사시나요?"

갑자기 묻는 말에 대답을 바로 할 수 없었다.

"어떻게 지내냐고요?"

"그냥 매일 이렇게 하는 일 없이 도시를 떠다니고 있습니다."

"참 좋습니다."

"혼자 사십니까?"

"혼자 산다는 것이 맞을 겁니다. 그러니 이렇게 선생님을 만나죠."

"그런가요."

가식적인 행동에 놀랐다. 일본 놈은 어디에 두고 혼자 산다고 말하는 것인지.

"오늘은 제가 식사를 대접하고 싶은데."

"고맙습니다."

그 말을 하고 한동안 말이 없었다.

"저녁은 저기 저쪽으로 가면 매운탕집이 있고 그곳은 조용한 곳입니다."

손가락으로 식사할 곳을 가리켰다.

숲에 가려진 조용한 곳이었다. 한 번도 가보지 않은 곳이었지만 잘 아는 듯 그리로 향했다.

식사 중에 소주를 한 병씩 마시고 대리기사를 불러 다시 칸타빌레로 옮겼다.

소주 한 병을 마셔서 그런지 금방 취했다. 서로 마주보고 앉아있던 옆으로 와 어깨에 기대 앉아 졸린 눈으로 바라보며 알아듣지 못할 말로 중얼거렸다.

알 수 있는 말을 토막토막 조합해 보면 살고 있는 현실이 두렵고 지친다는 말이었다. 졸고 있는 모습을 바라보았다. 그동안 한 번도 느끼지 못했던 모습이었다. 얼굴은 편안한 얼굴이 아니었다. 온갖 세상의 고통을 다 짊어지고 사는 것 같았다.

끌다시피 하여 겨우 칸타빌레를 나와 들춰 업고 여관으로 향했다. 낮에 찾는 여관은 꼭 뒤에서 뭔가가 튀어나와 덮칠 것 같은 분위기였다.

여관에서 커튼을 올리고 밖을 바라보았다. 사각의 빌딩들이 눈에 들어왔다. 낯선 도시의 변덕스러운 얼굴. 담배를 한 개비 꺼내 피워 물었다.

어제와 전혀 다른 도심의 표정, 변덕스러울 정도로 모양이 자주 바뀌는 도시. 잠시 머뭇거리며 깊고 푸른 하늘을 올려다보았다. 너무 깊어서 알 수 없는 그런 모습의 하늘에서 하늘의 색깔이 검다는 생각을 했다.

어떤 것이든 흡수해 버릴 것 같은 검은 그 색조에서 찬란하게 빛나는 눈동자 같은 백색 햇빛은 하늘 끝에서 무섭게 내려다보고 있었다.

갑자기 두려운 생각이 들었다. 커튼을 내렸다. 햇빛 때문인지 돌아누웠던 여자가 다시 돌아누워 평화로운 숨소리를 했다.

"날씨 어때요."

그대로 누워 눈도 뜨지 않고 말했다.

"구름 한 점 없어요."

그렇게 말하자 여자는 몇 번 눈을 끔벅거리다 눈을 뜨고 천장만 바라보았다.

한동안 말없이 누워있던 여자가 먼저 옷을 벗었다.

"담배 한 개비 줄까요."

대답 대신 고개를 끄덕였다.

담배를 입에 물자 라이터 불을 켰다. 긴 한숨 속에 내뱉는 담배연기가 천장을 부딪쳐 옅게 퍼져나갔다.

여자를 바라보았다. 긴 머리칼이 시트 위에 헝클어져있고, 반쯤 덮여 있는 나체가 담황색을 띠고 있었다.

닫혀있는 커튼 틈으로 굴절한 햇빛의 조화였다. 여자의 목을 내려보았다. 예전에 고향에서 보았던 명순의 목덜미를 닮은 여자, 입고 있던 옷을 벗어던졌다.

여자가 육체를 바라보며 싫지 않은 표정을 했다. 어제보다 더 깊은 섹스를 원하며 애무했다. 누가 탐하는 것인지 알 수 없는 격렬한 몸짓, 하지만 분명한 것은 소용돌이 정중앙에 육체가 있다는 것이었다.

한차례 깊은 섹스가 끝날 즈음 누군가가 문을 두드렸다. 여자는 아직 섹스에 취해있는 상태로 눈을 감고 있었다. 대충 옷을 주워 입고 문 앞에 다가섰다.

"누구세요?"

"방 치워야 하는데……"

푸른 멍텅구리배

주인 여자였다.

여자 쪽을 바라보니 눈 감은 상태로 짜증스런 표정을 했다. 쉬고 싶어 한다고 생각하고 말했다.

"조금 더 있을 겁니다."

문 주위에서 머뭇거리던 주인 여자의 돌아가는지 발소리가 멀어졌다.

"가야 돼?"

얼마 후 여자를 똑바로 바라보며 말했다.

"너무 좁고 답답해서."

어설픈 변명을 하고 여자를 바라보았다.

"안개는?"

몸을 일으키며 창문 쪽을 바라보았다. 커튼을 걷으며 말없이 창밖을 내다보았다. 하늘에 솜털 같은 구름 몇 조각이 평화롭게 떠있었다.

"아직도 안개가 있는 건가?"

한쪽 눈이 머리카락에 가려져 있고 한쪽 눈으로 밖을 응시하고 있었다.

"양쪽 다 안보였으면 좋겠어."

그렇게 말한 여자가 한숨을 내쉬며 말했다.

"왜 그렇게 자신을 학대해요?"

"언젠가는 알게 될 거요, 좀 더 나를 알게 된다면."

그렇게 말하고 고개를 숙였다. 몇 번 앞 동에 사는 사람이라고 말하고 싶었으나 끝내 하지 못하고 망설이다 자리에서 일어섰다.

마치 영원히 이별을 할 것 같은 표정으로 세밀하게 훑어보았다. 이토록 자신의 얼굴을 세밀하게 바라본 적은 없었다.

머리를 갸웃거렸다. 동수의 모습에서 무엇인가를 발견한 듯한, 순간적으로 무엇을 생각하고 있는지 떠올려 보았다. 앞 동에 살고 있다는 것을 떠올리지나 않았는지 생각하며 말했다.

"언제 다시 만날까요?"

"다음을 약속할 만큼 우리가 벌써 그렇게 되었나요."

생각에 잠겨있다 고개를 쳐들며 대답했다.

"요청입니다."

"그래요. 이렇게 만나는 것이 좋을 것 같네요."

짤막하게 말하고 잠시 생각하는 것 같았다.

"그럼 전 먼저 갑니다."

일어섰으나 무표정이었다.

마땅히 갈 곳이 없어 이곳저곳 낯선 도심을 방황하다 소공원으로 발걸음을 옮겼다.

얼마 전까지만 해도 도심의 흉물처럼 서있던 연탄 저장창고를 말끔하게 단장하여 만든 곳이었다.

연탄 창고를 포클레인으로 할퀴어 내던 때가 눈에 선하게 들어 왔다. 연탄 창고가 없어지기 전엔 창고 뒤의 어두운 곳에 앉아 지나가는 사람을 구경하는 재미도 상당했었지만 현대식 공원이 자리를 잡은 후부터는 이방도시의 조형물 같아 느낌이 서먹했다.

가끔씩 최근에 만들어진 랩풍의 노래가 고막을 찔렀다. 분수의 물 높이가 노래의 고저에 따라 움직였다.

간간이 불어오는 바람에 물보라를 일으켰다. 여자는 왜 세상을 바라보지 않으려고 하는 걸까? 하는 의문이 꼬리를 물었다.

담배를 꺼내 피워 물었다. 연기를 들이키자 익숙한 여자의 냄새가 입 안 가득 담겨져 있는 느낌이 들었다.

여자가 자신보다 더 처절한 삶을 살고 있다고 생각했다. 그 생각이 들자 알 수 없는 현기증이 머리를 무겁게 짓눌렀다.

아내의 의미심장한 모습과 일그러진 얼굴 모습이 서서히 눈앞으로 다가오자 웃음을 터뜨렸다. 그 모습이 벌레가 육체를 갉아먹고 침몰시키는 것 같았다.

아무도 없는 공원의 긴 벤치에 누워 가끔씩 이는 흩뿌려지는 물보라를 얼굴 가득히 맞으며 눈을 감았다.

엄청난 양의 물을 저장한 저수지의 둑이 서서히 붕괴되어 가고 있었다. 어쩌면 그 둑은 상상했던 여자의 마음속에 억눌려있는 속박 같은 것인지 모를 일이었다.

여러 가지로 여자를 상상했다. 여자가 간직하고 있었던 자존심, 모성의 본능, 그런 것까지. 한동안 어둡고 긴 잠 속으로 빠져들었다.

칼을 든 어떤 가냘픈 여인의 손끝이 파르르 떨고 있었다. 푸르고 깊은 밤, 퍼런 칼날이 달빛 그림자에 푸른 형광체를 발산했다. 환상이라고 고함지르고, 칼을 든 여자는 눈물 섞인 웃음을 소름끼치게 웃어대며 사라져 갔다.

등에 식은땀이 흥건히 배어있었다. 주위를 살펴보니 아무도 없는 한적한 소공원이었다. 자리에서 일어서며 꿈속의 끔찍한 여자를 상상해 보았다. 여자의 칼을 상상하며 몸속 구석구석까지 침식해 있는 여자의 냄새를 음미해 보았다. 무감각적이었고, 아무런 후각도 없었다.

한줄기 바람이 추악거리며 물보라를 치자 광기 들린 음악과 함께 분수대의 물이 꽈배기 모양의 나선을 그리며 횡으로 날아갔다. 차디찬 물방울은 서늘하다 못해 섬뜩하였다.

오후 늦게 집으로 들어가니 집안 분위기가 낯설어 보였다. 블라인더를 반쯤 열고 바람을 맞아보았다.

블라인드 자락을 매만지는 연한 바람 때문에 누군가가 블라인드를 여는 것 같아 주위를 살폈다. 그러나 앉아있는 텅 빈 거실 안엔 고적함만 있을 뿐이었다.

TV를 켜고 소파에 앉아 벽에 걸려있는 억지웃음을 한 자신과 아내, 그리고 아이들을 뚫어지게 바라보았다. 사진 속의 사람들이 이방인들처럼 보였다. 가끔씩 아내와 아이들의 존재를 잊어버렸다. 아이들은 먼 친척쯤 되는 아이들이라 생각되었고, 아내는 다른 사람의 여자라고 상상했다. 마치 가정이 어디에서 갑자기 급조된 그런 느낌이었다.

앞 동 여자가 분주하게 움직였다. 마네킹과 그림 그리는 도구들, 소파에 앉아 그녀의 모습을 빤히 바라보며 이죽거려 보았다.

"눈도 보이지 않을 텐데 무슨 그림이야."

가까이 보려고 망원경을 들여다보았다. 가끔씩 긴 머리가 귀찮다는 듯 신경질적으로 머리칼을 뒤로 넘겼다. 오늘따라 손놀림과 태도가 신중하고 유연하게 보였다.

17

며칠 동안 집안에 틀어박혀 에어로빅 하는 모습과 그림 그리는 모습만 관찰하며 지내다 오랜만에 집을 나섰다.

앞집 여자와 헌혈의 집 여자가 동일인이었다는 것을 알고부터는 앞집 여자에 대한 신비스러움은 없어졌고, 여자가 살아가고 있는 현실에 대한 호기심인 그 그리고 있는 그림이 어떤 종류인지, 또 어떤 그림을 시작하여 지금까지 이르고 있는지, 세상을 싫어하는 까닭이 무엇 때문인지, 자살을 결행했을 때의 피의 양과 그 색깔을 상상해 보는 것들이었다.

시내로 접어들자 봄기운은 이미 없어졌고 여름의 무더운 공기가 욱신거리며 달려들었다. 까닭 없이 도시의 이 구석 저

구석을 배회했다. 추운 겨울이 엊그제 같은데 벌써 여름이 시작되고 있었다. 이 도시는 겨울에서 봄을 순식간에 건너뛰고 여름으로 치달았다.

도시의 낯선 사람들은 옷차림을 보고 더욱 더위를 느꼈지만 그 사람들을 보고 실없는 웃음을 자아냈다.

왜 사람들은 자신의 일보다 남의 일에 더 관심을 보이는 것일까? 버스정류장의 그늘진 한쪽 끝에 쭈그리고 앉아 사람들을 바라보고 있으면 지나가는 사람들은 똥 밟은 표정을 하며 지나갔다.

지나가는 사람들과 차이가 없어 보였다. 다만 있다면 외부적으로 나타나 보이는 옷차림이라 생각하였다.

지금껏 즐겨 입던 외출복을 한 해 동안 바꿔 입지 않았지만 불편함을 느끼지 않았다. 늘 봄 옷차림 그대로이고 그 옷차림으로 겨울도 고스란히 났다. 남처럼 살고 있는 아내가 갈아입으라고 내어준 옷들은 웬지 마음에 들지 않았다.

버스를 타러왔던 사람들이 버스가 도착하기를 기다렸다가 버스가 오면 몇몇씩 버스와 함께 사라지곤 했다.

금연구역이라고 쓰인 글귀 밑에 쭈그리고 앉아 담배 한 개비를 다 피운 다음 자리에서 일어나 즐겨 찾아다니던 낯익은 거리와 장소를 떠돌았다.

계절이 지나갔지만 변화된 것은 없었다. 항상 그 자리에 있어야 할 것들과 있는 것들이 뒤엉켜있었다.

그 속에서 사람들은 무엇을 사고, 먹고, 마시며 자기들의 안위를 즐길 뿐이었다. 그들의 틈바구니에서 찢어진 하늘만 구경할 뿐이고, 가끔씩 잿빛으로 얼룩진 강바람을 맞으며 바람으로 얼굴을 씻을 뿐이었다.

자기가 좋아했던 곳을 상상하며 그곳으로 향했다. 거리와 장소 중 가장 좋아했던 자리는 아무래도 창고가 있었던 자리이고, 그 자리에서 환한 햇빛을 듬뿍 맞아보았다.

가끔씩 알아들을 수 없는 괴상한 노랫소리와 함께 분수가 뿜어져 나오고 그때마다 비둘기 몇 마리는 모이를 주어먹다 헝겊 같은 동수를 바라보고는 놀라 펄쩍펄쩍 뛰었다.

그곳에서 저녁을 기다렸다. 언제부터 어둠에 익숙해졌는지 확실치 않지만 아마도 여자와 만난 후부터 낮보다 저녁이 더 자연스러워졌다는 생각이 들었다.

몇 시간을 그렇게 빈둥거리며 지내니 주위가 어둑해져갔다. 자리에서 일어나 공원 쪽으로 발길을 돌렸다.

공원 숲길로 접어들자 해송의 향기가 짙었다. 가끔씩 길옆으로 가지를 내민 해송의 잎을 따 입에 넣고 우물거려보았다. 해송의 향기가 입안 가득히 부풀어 올랐다.

파월기념탑을 생각했다. 부드러운 전쟁의 음성. 그곳에선 항상 전쟁의 음성이 느껴졌다. 그 음향은 때때로 자신을 분노

케 하다가 정열적인 광기로 변하게 했다. 그 남자를 만나고부터는 그 생각이 더욱 더 가깝게 느껴졌다.

남자의 집이기도 한 파월기념탑으로 향했다. 남자가 그곳에 있을 거라는 막연한 기대를 가지고 갔지만 정작 그곳에 도착해서는 남자의 집 쪽은 바라보지 않았다.

가끔씩 남자의 목소리가 바람결에 앓는 소리처럼 들렸지만 모르는 척했다. 한동안 방해하지 않으려고 숨죽이고 있었다. 그렇게 있을수록 가슴을 조여오는 느낌이 들었다. 숨을 쉬지 못할 정도였다.

무엇인가라도 집어던져야 속이 시원할 것 같아 주위에 흩어져있는 돌을 집어 들고 어둠 속으로 내던졌다. 어둠 속으로 사라지던 돌들이 숲에 떨어지며 조그맣게 아우성을 쳤다.

얼마간 돌을 숲속에 던져 넣고 부조 속의 사람들이 역동적인 모습을 하고 있는 조형물의 밑에 앉아 부조 속에서 아우성치는 음성들을 생각하며 가끔씩 피비린내를 음미해 보았다.

전쟁처럼 처절한 단어는 자신에게 합당치 않다는 생각을 해보며 참여자들의 전쟁 모습의 부조를 손바닥으로 쓸어보며 상상해 보았다.

인간들의 냄새는 다 아우성치는 그런 것이라고 음산한 생각을 하며 부조에 등을 기댔다. 전쟁의 소용돌이치는 소리가 쿵쿵거리며 등을 두드리는 것 같았다.

먹장 같은 하늘에서 가끔씩 벌레에 뜯긴 조그만 구멍이 뚫리기 시작하더니 그곳에서 별과 달이 새어나오고 있었다.

낮부터 나왔던 달은 갈고리 모양으로 하늘 구멍을 내고 있었고, 그 달은 얼마 후엔 자기 자리를 찾았다는 듯 하늘 한복판에 자리 잡고 있었다.

그것을 정점으로 자그마한 별들의 향연이 펼쳐지고 있었다. 순간 여자가 말한 자아를 페인트칠하고 있다는 말이 떠올랐다. 솔직하지 못한 자신의 존재가 눈앞에서 아우성치고 있었다.

별들이 차츰 선명하게 보였다. 각각의 위치에서 희미하게 자리를 잡고 있던 별들이 자기 위치를 잡았다는 듯 초롱초롱 빛을 냈다. 별들의 그림을 바라보며 별자리들의 이야기를 상상했다.

가끔씩 불어대는 바람소리가 별들이 속삭이는 소리처럼 들렸다. 작은 잎사귀들을 떨게 하는 소나기 같은 바람이 피부를 핥고 지나갔다.

아무리 세찬 바람이라도 바람의 느낌은 지난번 잠자리에서 있었던 여자의 혀와 같이 강렬하고도 부드러웠다.

여자를 생각하자 전율이 등줄기를 타고 짜릿하게 전달되었다. 그때 비로소 살아있음을 알았던 그 행위들이 눈에 선하게 그려졌다.

자리에서 일어났다. 발밑으로 보이는 도심의 불빛이 여러 색깔의 수정처럼 보였다. 그 빛들은 여름의 훈기를 더하게 했다.

피에 굶주려있는 드라큘라 같은 날카로운 모기 소리가 도심의 새벽을 무섭게 달려가는 덩치 큰 트럭 소리와 흡사하게 들렸다. 모기를 털어내고 공원에서 내려와 도심의 번화한 거리를 가로질렀다.

적산가옥이 어떻게 변했는지 보고 싶어 그리로 향했다. 적산가옥은 새롭게 태어나 있었다. 노인이 자기의 성을 잘 관리하고 있는지 주변이 깨끗하게 변하여져 있었다. 하지만 가옥 안에는 불도 켜져 있지 않았고 어떤 소리도 들리지 않았다.

대문 앞에서 등을 기대고 앉아있었다. 적산가옥이 구석진 곳에 위치해 있어서인지 한 사람도 지나가는 사람이 없었다.

몇 번 담장을 넘어 집 안으로 들어가 볼까 생각하여 울안을 바라보았지만 울타리를 넘는 것은 도둑이나 할 짓이라고 생각해 그만두고 일어섰다.

아파트로 향하는 길로 향했을 때 소방차들이 창백한 소리를 내며 아파트 쪽으로 달려갔다. 맨 뒤에는 약간의 소리 차이를 내며 앰뷸런스도 따라갔다.

아파트 앞에서 검은 연기가 퍼런 공간에 흩어지고 있는 것이 보였다. 그곳은 고물장수의 집 쪽이었다.

고물장수 집으로 향하는 내내 다 타버렸으면 좋겠다고 생각하며 그리로 향했다.

생각대로 고물들이 불에 타고 있었다. 망원경이 있던 자리도 이미 없어져 버렸고 고서적으로 쌓여있던 공간도 이미 다 타버린 것 같았다.

소방차에서 물을 뿌려대고 있었고 붉은 홍시의 속살 같던 곳에 물이 닿으면 영락없이 홍시의 속살은 흰 연기를 내고 사라졌다.

고물장수 뚱뚱보 아주머니는 그곳을 바라보며 망연자실하고 길바닥에 주저앉아 있었다. 증오를 하였지만 그 모습을 보자 안됐다는 생각으로 바뀐 자신을 발견하였다.

곧 화재의 현장은 검은 모습으로 변해있었고 소방관들의 분주한 모습과 그들이 가지고 있는 조명불만 움직였다.

화재진압이 끝이 나자 소방차도 떠났고 그곳에는 아무도 없었다. 고물장수도 이미 자리를 뜬 후였다.

어떻게 불이 난 것일까 생각하며 여러 경우의 수를 떠올려보았다. 아마 또 다른 사람에게 사기를 쳐 그 사람이 불을 질렀을 거리는 생각을 하며 자리를 떠났다.

그녀를 만난 후부터 발끝은 항상 이정표가 정해져 있었다. 사람들 틈을 지나 번잡한 곳에서 약간 비켜있는 칸타빌레로 향했다.

푸른 멍텅구리배

그림 자체로 쓰여 있는 붉은 간판을 올려다보고 그 자리에 서서 한참 동안 글씨의 뜻을 생각해보다 다시 위로 향해있는 계단을 바라보았다. 계단에 설치되어 있는 불빛은 밖으로 새어 나오지 않고 좁고 긴 계단만 은은하게 비추고 있었다. 계단에 오르기 전 잠시 그 자리에 서서 내부의 모습을 상상했다.

소년이 지금도 있을까? 애써 고상한 척하는 주인 여자의 모습, 한쪽 구석에 자리 잡은 버버리 상표가 붙은 목도리 무늬의 탁자포가 씌워져있는 유일한 좌석. 어두컴컴한 분위기에서의 작은 음악회, 출연자 없는 음악회에 초대받았다고 생각하고 정확히 열세 계단을 올라 입구로 통하는 미닫이문을 열었다.

미닫이문을 열고 들어서자 문 옆으로 각진 검은 구형 피아노 한 대와 진열용으로 만들어진 십여 대의 진열용 바이올린이 벽에 대롱거리는 것처럼 보였다. 소리를 낼 수 없는 바이올린이었다. 소리를 낼 수 없는 바이올린을 바라보며 커튼 안의 인기척을 상상했다.

주인 여자야 작은 요정들은 소리를 낼 수 있다고 변명 같은 말을 했지만 지금껏 한 번도 요정의 그림자조차 느낄 수 없었다. 가끔씩 소년은 G선상의 아리아를 틀곤 했다. 그 음악의 의미마저 주인이 알고 있는 것인지 의문이 들었다.

여자가 남겨놓았을 냄새를 기억해 보았다. 냄새는 절실하다고 느낄 때면 으레 기억에서 떠오르지 않았고, 그동안 가까이 했던 여자들의 냄새로 혼합되어 있었다. 집을 나섰다면 분명 이곳으로 올 게 뻔하다 생각했다.

주인 여자가 무표정하게 바라보았다. 그와는 대조적으로 빠른 걸음으로 다가오는 소년은 억지로든 자연스럽든 얼굴 가득 미소를 머금고 있었다.

소년은 예약해둔 사람처럼 구석진 테이블로 안내했다. 재즈풍의 노래가 고음으로 고막을 때렸다.

맥주를 시키고 여자의 냄새를 다시 생각해 보았다. 여자의 비누 냄새와 남성을 자극하던 향수 냄새, 그 냄새가 기억에서 빠져 나가버린 것 같아 머리를 좌우로 세차게 흔들어 보았다. 그럴수록 기억은 점차 멀어져 찾을 길 없었고, 습기에 절은 눅눅한 냄새들뿐이었다. 소년이 테이블 위에 맥주를 내려놓았다.

"어제도 왔었는데요."

소년이 눈치를 보며 말했다.

추측이 맞았다고 생각하니 소년의 이미지마저 좋게 느껴졌다. 말없이 술잔에 술을 붓자 한동안 멋쩍은 표정으로 서있던 소년이 돌아갔다.

소년이 나가자 재즈 음악이 사라지고 오페라 음악이 어둠 속에 차곡차곡 쌓여갔다.

세 병을 다 마실 때까지 그녀는 오지 않았다. 어제 왔다 갔다는 소년의 말이 차츰 오늘은 오지 않을 거라는 인식으로 바뀌고 음악소리가 짜증스럽게 느껴졌다.

취기가 오르기 시작하자 눈을 감았다. 낯선 도시 속에서 빙빙 돌고 있는 자신을 느낄 수 있었다.

반복되는 아리아에 싫증을 느끼고 있을 때 여자가 커튼을 열고 들어왔다. 어디서 전작이 있었는지 얼굴에 홍조가 가득했고 취했는지 몸도 흔들거렸다.

앉자마자 바라보지도 않고 마시던 술잔에 술을 채우며 거푸 몇 잔을 들이켰다.

행동을 바라보기만 했다. 술을 마셔대다 얼마쯤 지나자 천장을 바라보며 큰소리로 깔깔대며 웃었다. 갑작스런 웃음소리는 천박했다.

"그래 너와는 익숙한 것이 있지."

웃음을 그치고 노려보며 말했다.

"익숙한……"

무슨 뜻으로 말했는지 몰라 혼잣말을 했다.

"너와 익숙한 것이 이 몸뚱이 말고 또 있어? 머저리 같은 놈."

술에 만취한 여자는 어느새 표독스럽게 변해있었다.

"어디서 마시다 온 거야."

노려보며 말했다.

"어디면."

따지듯 말한 여자가 갑자기 어깨를 들썩였다. 울고 있는 여자를 내려보며 빈 술잔에 맥주를 가득 채웠다

"나를 더 알면 넌 곤란해질 거다."

술잔을 들며 말했다.

"왜?"

"거기까지는 알 것 없고."

어떤 생각을 하고 있는지 여러 경우를 생각해보다 술을 더 먹여 다 털어놓게 해야 한다고 생각하고 계속 여자에게 술을 권했다.

"난 말이야 두 눈이 다 보이지 않았으면 좋겠다고…… 남자들은 다 그렇고 그런 놈들이지. 섹스가 끝나면 더럽고 추한 정액만 흔적처럼 남겨놓고 떠나버리는…… 정액처럼 찌꺼기 같은 놈들……"

알 수 없는 여자의 말이 취중에 속박 없이 쏟아져 나왔다. 연결되지 않는 문장을 이리저리 아무렇게나 조합하며 자기의 이야기를 했다.

"나갑시다."

더 이상 여자의 말이 의미가 없다고 판단하여 여자를 일으

푸른 멍텅구리배

켜 세웠다. 자리에서 일어난 여자는 다리에 힘을 잃었는지 흐느적거렸다.

어쩌면 이 상황으로 몰고 갔는지 모르고 원했는지 모른다는 생각을 하며 축 늘어진 여자를 부축했다.

다 그렇고 그런 놈들이라고 말한 취한 목소리가 반복해서 귓가에 들리는 것 같았다.

여자에게서 많은 이야기를 듣고 싶었다. 그리고 있는 그림의 내용과, 늙은 일본 사람을 위하여 혼자 살고 있는 이유, 눈이 보이지 않았으면 좋겠다는 자학까지.

가끔씩 칸타빌레에 가는 이유가 무엇일까? 만나기 이전부터 다녔을 칸타빌레라는 장소엔 무슨 의미가 있는 것일까? 더 이상 가까워지는 것을 무서워하는 이유와 외모로도 충분히 정상적인 사람이 아니라는 것을 알 수 있으련만 육체의 결합까지 결단하는 여자의 발상과 도전적인 태도, 그 속엔 뭔가 모를 어떤 무서운 음모가 도사리고 있을 거라 상상하고 어깨를 움츠렸다.

칸타빌레로 오기 전부터 어디선가 술을 마셨음이 분명하고 모르는 또 다른 술집에 의문을 품었다.

술 취한 여자를 부축하고 자연스럽게 여관으로 향했다. 저항 없이 가야 할 곳을 당연히 가는 것처럼. 여관 앞에 도착할 때까지 취중에 지껄이던 말을 이리저리로 조합해 보았다. 만취 상태에서도 계속해서 더 이상 만나지 말아야 된다고 혼잣말을 했다.

시내 뒷골목이 훤히 내려다보이는 곳으로 방을 잡고 침대에 누웠다. 한동안 침대 위에서도 같은 말을 되풀이했다.

거부가 더 이상 망가지지 않겠다는 자신의 의지라 인식하고, 잠들 때까지 기다렸다. 뒤척이며 몇 번을 더 그 말을 하고는 말을 멈췄다. 잠든 것을 확인하고 여관을 빠져나왔다.

골목길에 서서 까만 하늘을 올려다보았다. 멀리로 북극성이 선명하게 보였다. 담배를 피워 물고 여자가 말한 의미를 다시 한 번 생각해 보았다. 아무리 깊이 생각해 보아도 알 수 없는 말이었다.

새벽안개가 서서히 피어오르기 시작했다. 잠시 후면 아무것도 보이지 않을 도심의 공간이 푸른 어둠 속에서 마지막으로 아우성치고 있었다.

18

강경의 하늘 기억은 늘 희뿌연 회색뿐이었다. 강가로 펼쳐진 비닐하우스의 색깔도 회색이었고, 흙으로 쌓아 만든 담과 들판 역시 희뿌연 회갈색이었다.

담 하나 사이에는 또래의 아이가 살고 있었는데, 그 애는 새로 이사 온 동수에게 관심이 많았다.

말을 해본 사이도 아니었지만 가끔씩 마당으로 나와 눈이 마주치면 눈길을 피하며 재빠르게 그의 방안으로 들어가곤 했다.

툇마루에 서면 담 너머 그의 방이 훤히 내다 보였다. 어두컴컴한 방안의 모습을 자세하게 보면 어수선하게 널려있는

이불과 옷가지들이 부도난 포목점에 채권자들이 몰려와 난장
판으로 만든 것 같았다.

그의 부모는 읍내 노점에서 새우젓을 파는 사람들이라 아
침에만 몇 번 보일 뿐이었고, 밤중이 돼서야 집으로 돌아왔
다.

이웃은 그들이 돌아와서야 따뜻한 황색 불이 켜졌고, 그때
부터 사람 소리가 들렸다. 도란거리는 소리가 들리는가 하면
어느새 고함소리가 들렸고, 고함소리 끝에는 그의 어머니 울
음소리가 들렸다.

그들은 평범한 가정이 아니었다. 일 때문에 정신이 없는 부
모와 혼자 버려져있는 이상스러운 아이, 그 집을 관찰하며 지
내는 것이 하루의 일과이기도 할 정도로 매일같이 그 집을 관
찰했다.

그 집 아이와 눈이 마주치면 얼른 집안으로 모습을 감췄다.
쉽게 대화할 수 있는 여지를 마련해 주지 않았다.

그와 얼굴이 익숙해질 무렵이었다. 집 뒤로 구렁이처럼 금
강하구로 뻗어있는 누런빛의 황산강 황산다리에서 사람이 빠
져 죽었다는 소리가 들렸다.

마을 사람들이 강에서 인양하는 시신을 바라보고 있었다.
마을 사람들 틈에 끼어 투신해 죽은 사람을 바라보았다. 시신
이 뭍 위로 올라왔을 때 놀라 눈을 감았다.

그 사람은 매일같이 눈인사를 하던 앞집에 사는 그 아이였다. 그가 죽자 그의 어머니는 장사도 하지 않고 아들의 죽음을 애통해하며 몇 날 동안 황산다리 중간에서 울음을 터트렸다.

한참 후에 안 일이지만 그는 몇 해 전부터 정신병을 앓고 있는 사람이었다. 그 일은 병원에서 퇴원한 지 한 달이 되지 않아서 생긴 일이었다.

그의 죽음이 자신과 연관된 사람 같아 앞집을 똑바로 바라볼 수 없었다. 며칠 동안 학교에서 돌아오면 책가방을 던져놓고 황산강가에서 그의 환하고 순수한 웃음을 생각했다. 너무도 깨끗한 웃음이었다. 그 웃음 속에 감추어진 죽음이란 단어는 상상하기 어려운 일이었다.

주변에는 항상 죽음의 그림자들뿐이었다. 아버지와 어머니의 처절한 죽음이 잊혀져갈 무렵이었으니 충격은 더했다. 부자연스런 죽음들이 도사리고 있는 자신의 주위가 무서워지기까지 했다.

약간 벌어져 흰 이를 드러낸 입, 눈알이 툭 튀어나온 얼굴 표정, 사람 같지 않은 퉁퉁 부은 얼굴의 형상, 막 부패가 시작된 푸르스름한 살갗, 죽음은 그렇게 엽기적이었지만 간결했고 비폭력적이었다.

경찰이 그의 주머니에서 찾아낸 젖은 유서에는 간략한 언어가 조합되어 있었다. '나는 가기 싫어, 여기 황산강이 좋지' 무슨 말인가를 더 쓰려고 했던 것이 역력히 들어있는 글이었다. 하얀 종이의 글귀에는 여백이 많았다.

언뜻 그의 유서의 여백에서 고향의 황토 언덕과 잔솔밭 언덕, 그리고 키 작은 도토리나무와 고구마밭의 잎사귀들이 작은 바람에 팔락이는 것까지 선명하게 보이는 것 같았다.

그가 죽고 난 후부터 낯선 주위와 무서움 때문에 밖으로 나가지 않고 어두컴컴한 방안에 틀어박혀 살며 책만 읽어댔다. 방과 후엔 항상 조그맣고 어두컴컴한 방안에 틀어박혀 살았다.

얼마 후 그의 부모는 황산강 다리에서 넋을 위로한다는 큰 굿판을 벌리고 어디론지 떠나버렸고 그 집은 내내 텅 비어있었다.

그때부터 어둠에 대한 두려움이 사라지고 황산강이 아름다운 강으로 보였다. 그의 고통을 쓸어 갔던 강의 강물은 어떤 땐 진녹색이었고, 그 강물의 긴 끝을 바라보고 있으면 아득히 먼 곳으로 죽음들이 깨끗하게 떠내려가고 있는 느낌을 받았다.

하루가 다르게 주위의 모든 것이 깨끗해지고 있다고 생각하며, 가끔씩 밤에 마당으로 나가 별들을 올려보고 고향의 하늘을 기억해내곤 했다. 삶 자체가 고통이고 고독이었지만 강가에 서면 녹색의 강물은 그런 것들을 싣고 멀리로 흘러갔다.

황산강은 흉측한 마지막의 그를 아름답게 보내기에 충분했고, 그의 죽음은 차라리 잘 된 거라는 생각까지 들었다.

자꾸만 아이가 생각났다. 차라리 잘 된 일이라고 치부했던 것이 어쩌면 남의 고통도 모르는 이기적이지 않았나 생각까지 했다.

아이와 한 번도 말을 붙여보지 않은 것이 불찰이라고 생각할 즈음 죄책감으로까지 다가왔다.

저녁이 되면 황산강가를 걸었다. 수많은 별이 강물 위로 떨어져 강물 위에서 흩어졌다. 명순이 별이기도 한 북극성은 늘 그 자리에서 길게 누워있었고 그 불빛은 다른 별과는 비교도 되지 않을 만큼 밝았다.

달이 뜨는 날에는 강물은 모습을 완전히 바꿨다. 하얗게 긴 도로를 내고 그곳으로 걸어가 보라는 것 같았다.

그때부터 이상스런 생각을 했다. 사람들이 죽으면 가는 길이 저렇게 하얗다는 생각이었다. 아버지와 어머니가 걸어갔던 그 길이 이런 길이라는 생각이 온통 머릿속을 채웠다.

어느 날부턴가 어머니와 아버지가 나란히 걸어가고 있는 모습이 보였다. 강물 위를 아무렇지 않게 걸어가는 두 분에게 위험하다고 말했으나 뒤도 돌아보지 않고 걸어갔다.

그렇게 걸어가는 모습을 가만히 지켜보고 있으면 멀리로

추상처럼 사라졌다. 몇 번 크게 불러보아도 소용없었다.

그런 생각을 하면서 하얗게 날을 지새운 날도 있었다. 그러다가 음성이 들렸다. 그 음성이 어떤 때엔 또렷하게 들렸고 어떤 땐 알아들을 수 없는 단어로 들렸다.

새벽이슬이 내릴 때까지 강변을 걷고 또 걷고 나면 마음속에 있는 찌꺼기 같은 옛 이야기들이 사라졌다. 그렇다 보니 강변에서 날을 지새우는 날이 많아졌다.

늦게 집에 들어온 부모님은 피곤하여 일찍 잠에 들어 새벽까지 강변을 거니는 것을 한동안 알지 못했다.

그렇게 새벽까지 강변을 걷던 어느 날부터 강물 위를 걸어가는 부모님과 이야기를 할 수 있었다.[4]

그때부터 염원을 깊게 한다면 누구와도 서로 교통할 수 있다는 생각을 하고 만나보고 싶은 사람을 정하여 만나고 싶다고 말을 하면 그 사람이 나왔다. 늘 혼자였지만 그것을 안 후부터는 주변에 사람이 많았다.[5]

어떤 사람이건 부르면 되는 일이었다. 아무도 그런 신통력을 가진 자기를 알 길이 없었다.

---

4) 환청
5) 환시

19

황토배기 고향의 언저리에는 늘 명순이가 있었다. 어떤 말을 하려고 했었는지 지금도 알 수 없지만, 마지막으로 만나던 날 밤, 말을 더욱 더듬거렸다. 명순이의 별이라던 북극성이 마음속에 별로 안착하기 시작한 것은 그렇게 떠나고 난 후였다.

북극성, 작은곰자리의 북극성은 정말 곰처럼 미련하게 늘 언제나 그 자리를 지키고 있었고, 그 미련은 우직하고 믿음직한 그런 거였다. 아마 명순이가 생각한 북극성은 영원한 무엇인가를 나타내주고 있는 것 같았다.

그 후로 명순이를 본 것은 대학 2학년 때였다. 막 군에 가려고 학업을 정리하던 중에 학교로 찾아왔다.

나이와는 다른 모습의 외모는 소녀티를 벗은 성숙한 서울 여자였다. 한눈에 알아보지 못했지만 명순이는 한눈에 알아 봤다.

"야, 너 많이 컸는데."

당차고 또렷한 언어, 그 언어 속에서 속박되어 있는 자신을 드러내고 있었다. 대답할 말을 찾지 못하고 우물거리고 있을 때 또 한 번 말했다.

"너 어쩜 변한 게 없니."

그때 당찬 말에 주눅이 들었던 것이 사실이었다.

보란 듯 교정까지 끌고 들어온 하얀 승용차의 창엔 짙은 검 정으로 차광이 되어 있어 밖에선 내부를 볼 수 없었다.

서울시내를 손바닥 바라보듯 알고 있는 듯했고, 드라이브 를 시켜준다며 한 번도 가보지 못한 서울의 골목골목을 누비 고 다녔다.

골목의 모퉁이를 돌 때마다 이곳이 어떤 거리이며 자기와 는 이런저런 인연이 있는 곳이라고 설명까지 덧붙였다.

얼마 후 자기가 살고 있는 아파트라며 제법 외모가 깔끔한 아파트로 들어섰다. 짧고 흰 미니스커트에 노란 티셔츠, 긴 갈색머리, 교정에서도 보기 힘든 미모였다. 그렇게 거듭나 있 었다. 아파트 현관에서 멈칫거리자 웃으며 말했다.

푸른 멍텅구리배

"왜 그래. 내 신랑이라도 있을까봐."

환하게 웃으며 말했다.

뒤를 따라 아파트로 들어서자 이국적인 강렬한 빨간색 소파가 첫눈에 들어왔다.

흰 천으로 약간 가려진 붉은 소파. 알 수 없는 일제 가전제품들, 그것들에 놀라있을 때 다가왔다.

"뭘 그렇게 봐?"

주위를 둘러보자 말했다.

"너 무슨 일을 해서 이렇게 부자가 된 거야."

"무슨 일은……"

더 이상 묻지 말라는 투였다.

창밖을 바라보니 잘 정돈된 도시가 한눈에 내려다보였다.

"너의 성을 쌓은 거야?"

"성?……"

"그래 성."

"무슨 뜻인지 모르겠다."

"네가 떠나던 날 내게 말했던 말인데. 사람은 자기의 성을 쌓으러 고향을 떠나야 한다고……"

"내가 그런 말도 했었나."

자기에 대한 말은 회피했고, 지난날 고향에서 있었던 뜻 없는 이야기만 끄집어냈다.

푸름이 눅눅히 여물어가던 새벽까지 일방적인 이야기만 들어야 했다. 그날 새벽까지 이름 모를 향수 냄새가 가득 배어 있는 이질감 있는 냄새를 맡아야 했다.

"너 별 아직도 보고 있어."

말만 듣고 있다가 새벽녘에 와서야 겨우 한마디 꺼냈다.

"별……북극성?"

"그래. 북극성."

자기 별이라고 말했던 북극성을 기억해냈다.

"그 별을 지금도 바라보니?"

"그건 어렸을 적 이야기 아냐, 철이 없던……"

"그럼 지금은 별을 안 봐."

"서울에 와서 외로울 때나 고달플 때면 늘 그 별만 바라보고 살았어."

"도시에서도 별이 보이던?"

"처음 자취를 했던 곳이 만리동 산 위였지. 서울역 뒤에 있는…… 그곳에서 밤마다 별을 보며 고향 하늘을 생각했어. 넌 그때 너 별도 없었잖아."

"네가 떠난 후 그 북극성을 내 별로 삼았었거든."

고향을 생각하는지 한동안 말이 없었다.

"고향이 좋기는 해……"

말을 잇지 못하고 고개를 숙였다.

어느새 날이 밝아오고 있었다. 생각에 잠겨있던 눈물을 보이지 않으려고 일어나 커튼을 열었다.

하룻밤은 너무도 짧았다.

날이 밝자 서둘러 집을 나섰다. 캠퍼스까지 데려다주며 이젠 영원히 만나지 못할 거라는 말을 남기고 떠나갔다.

그 후로 내내 명순이 방에서의 일이 기억에서 지워지지 않았다. 깜짝 놀라며 치워버리던 액자. 그 액자엔 오십은 훨씬 넘어 보이는 이국적인 동양 사내와 다정스런 표정을 하고 있었다.

20

사대에 들어간 것이 최선의 선택이었다. 고모와 고모부는 어떻게든 학비를 보내줄 것이니 공부나 잘하라고 했지만, 두 분의 처지를 잘 아는지라 늘 학비가 걱정이 되었다.

잠시 현실을 피해 졸업할 수 있는 길을 생각해볼 요량으로 선택했던 군 입대. 3년이 다 가도록 학비에 대한 묘안이 없었다.

삼 년 복무 기간을 마치고 복학한 지 얼마 되지 않아 지금의 아내를 만났다. 아내의 아버지가 교장을 지낸 분이었기 때문에 사대생이라는 것만으로도 호감을 갖고 있었다.

몇 번 만난 후 학교를 마치면 결혼하겠다는 조건으로 아내

푸른 멍텅구리배

의 집에서 대학에 다닐 수 있었다.

졸업 후 첫 발령을 받은 곳이 공업계 고등학교였다. 아이들을 가르쳐 국가에 동량으로 키워보겠다고 늘 머릿속에 다짐했었지만 현실은 너무도 달랐다.

얼마간 고모 집으로 돈을 보냈다. 고모부는 그 돈과 모아둔 돈을 합하여 조그만 어선을 구입하고 강경에서 가까운 서천으로 이사를 했다.

부모님은 늘 서천 앞바다에서 일을 하였다. 날씨가 좋지 않은 날도 고기를 잡아야 한다는 욕심으로 바다에 나갔다.

전화를 한 번씩 하면 '이제 너만 생각하고 살아라' 라고 말했다. 고기를 잡아 풍족하지는 못했지만 그래도 가난하지는 않았다.

그러던 어느 날이었다. 그날도 어촌계에서는 날씨가 좋지 않아 조업을 만류하였지만 육지에는 그리 바람이 불지 않아 위험을 무릅쓰고 바다에 나갔다. 조그만 어선을 끌고 먼 바다까지 나간 부모님은 영영 돌아오지 않았다.

부모님이 바다에 화를 당한 것을 안 것은 뒤집혀진 배가 마을까지 떠밀려와 사람들이 배를 발견하고부터였다.

두 분의 시신을 찾으려고 백방으로 수소문하였지만 영영 찾을 길이 없었다. 그 후로 물에 부모님을 보내고 시신이 없는 장례를 치렀다.

시신은 찾지 못했지만 그렇게라도 하여야 부모님의 영혼이 이승을 떠난다고 말한 무속인의 말을 듣고 그렇게 하였다.

학교에 복귀하였으나 교사로서 이상을 펼치기는 어려웠다. 학생들 대부분은 학교생활을 졸업할 목적으로만 출석할 뿐 무엇을 배운다는 생각을 하지 않았다.

수업 시간이 되면 아이들 반수 이상이 책상에 엎드려 잤다. 일부는 코까지 골며 잠을 잤다. 그렇다고 학생들을 체벌도 할 수 없었다. 발령을 받고 첫 교시에 들어가기 전 교장선생은 어떠한 일이 있어도 절대로 체벌을 하지 말 것을 주문했었다.

몇 번 이래서는 안 된다고 생각했지만 TV에서 보았던 제자들에 의해 고소당한 스승이 눈에 선하게 떠올라 생각을 접곤 했다. 연일 교권이 땅에 떨어졌다고 말하는 선생님들도 있었지만 특별한 대안이 없었다.

그렇게 아이들과 함께한 지 1년도 되지 않아 결혼했다. 결혼 후 사 년이 지난 어느 날이었다. 잊을 수 없는 사건이 벌어졌다. 수업 중에 학생들 사이에서 싸움이 벌어진 것이다.

선생이 보는 앞에서 주먹이 오고 갔다. 더 이상 수업을 진행할 사항이 아니었다. 두 사람 사이에 끼어들어 그들을 말렸으나 소용이 없었다.

이미 선생은 안중에 없었다. 화가 나 싸움 중에 있는 두 학생의 따귀를 때렸다. 그것으로 싸움은 끝이 났지만 그중 한 학생이 다음날부터 학교에 나오지 않았다.

그 일이 있은 후 얼마지 않아 경찰서에서 출두하라는 통지가 있었다. 경찰서에 출두해보니 뜻밖에도 학교에 나오지 않던 학생과 학생의 어머니가 경찰 앞에서 기다리고 있었다.

경찰의 안내로 인사를 하자 학생의 어머니는 고래고래 고함을 질러대며 입에 담기 어려운 욕을 해댔다.

그것으로 끝이 아니었다. 조서를 마치자 학생의 어머니는 노골적으로 합의를 해주는 조건으로 돈을 요구했다. 그때 한번의 체벌에 학생의 고막이 손상을 입었다는 것이었다.

우선 용서를 구하고 치료비를 지불해 주려고 병원에 갔다. 병원의 의사는 대수롭지 않은 상태이고 얼마 지나지 않아 고막은 다시 회복된다고 말하고 수고한다며 치료비도 받지 않았다.

학생의 어머니는 집요하게 돈을 요구하며 합의를 해주지 않았다. 아내는 더 이상 일을 확대시키지 말고 학생 어머니가 요구하는 대로 돈을 주고 해결하라고 했지만 많은 교사들과 그 학생을 위해서 그럴 수는 없는 일이었다.

결국 그 일로 법원으로부터 벌금통지서를 받았고, 교직생활은 그것으로 지속할 수 없었다.

충격이었다. 그 일로 잠재해 있던 병이 촉발되었는지 환청이 지속적으로 찾아왔다. 매일 잠을 이루지 못하여 수척해졌다. 결국은 병원으로가 의사의 진단을 받아 정신병의 약을 처방받고 복용하였다.

그 일로 천직으로만 생각하고 교직에 임했다가 퇴직당하고 보니 마땅히 할 일이 없었다.

몇 개월 동안 방안에서 칩거하며 지냈다. 가끔씩 동료들이 찾아와 위로를 해주곤 했지만 시간이 갈수록 동료들은 찾아오지 않았고, 차츰 고립되어갔다.

그것이 매개가 되어 몸에서 이상증세를 보인 것은 아니었다. 그 증상은 심하지는 않았지만 황산강가로 이사 간 다음부터 증세가 시작되었었다.

그렇게 마음고생을 하며 고립되어가던 어느 날 갑자기 귀에서 환청이 들리기 시작했다.

처음엔 귀에 있는 실핏줄에 이상이 생겨 그러겠지, 하고 대수롭지 않게 넘겼지만 차츰 소리가 더 크게 들렸고, 그 소리 때문에 잠을 못 이루는 날이 더 많았다.

차츰 몸이 눈에 띄게 수척해 갔다. 급기야 아내마저 병에 대해 걱정하는 빛이 역력했다.

아무렇지 않다는 표정으로 하루하루를 버텨나갔다. 그렇게 버텨나가기를 몇 개월, 발신음처럼 들리던 환청은 목소리로 분해되기 시작했고, 그 목소리가 또렷해질 무렵, 방어할 능력을 잃고 말았다.

차츰 남편으로서의 자격도 상실되어갔다. 남편으로서의 상실감보다 가장으로서의 상실감이 더 크게 작용했다.

그것에서 오는 고독과 고립, 더 이상 아내는 집에서 기다려 주지 않았다. 일을 해야 한다며 밖으로만 돌았고, 매일 밤늦게 들어와 저녁도 먹지 않고 잠자리에 들어가는 아내의 뒷모습만 자괴감 속에서 바라보아야만 했다.

21

고즈넉한 오후였다. 오늘따라 바람이 한 점 없었다. 그렇게
도 많았던 미세먼지도 없는 화창한 여름날이었다.

오늘 같은 날은 밖으로 나가 그동안 다녔던 곳을 찾아다녀
야 한다고 생각하며 갈 곳을 생각하고 있었다.

가장 먼저 가보고 싶은 곳은 아무래도 적산가옥이 좋았다.
그곳에서 여자의 정부라는 일본인을 찾아야 한다고 생각했
다. 늘 술을 마시면 슬픈 얼굴을 하는 것이 어쩌면 그 일본인
때문이라고 생각했기 때문이었다.

오후의 햇볕이 앞 동의 건물에 반사되어 거실 안으로 슬금
슬금 침범하고 있었다.

햇볕을 피해 차츰 물러나 앉기를 수차례. 따가운 햇볕이 싫어서가 아니고 햇볕에 차츰 잠식해 가는 실내의 분위기가 싫어서였다.

햇볕과 싸우고 있을 때 갑자기 귀청을 강하게 자극하는 쇳소리가 들렸다. 호루라기 소리, 호루라기 소리를 듣는 것이 이번이 처음은 아니지만 예전에 들었던 경비들의 힘없고 독이 없는 호루라기 소리와는 너무도 차이가 있었다.

창백한 햇볕에 침식해버린 베란다로 다가갔다. 커튼 사이로 여러 사람들이 긴장하고 있는 몸짓이 보였다.

302동 아파트의 모퉁이마다 두 명씩 조가 되어 움츠리고 앉아있는 경찰관. 그들은 전쟁놀이를 하는 아이들과 흡사한 행동을 하고 있었다.

그들이 긴장하며 기다리는 사람이 누구인가. 바람 한 점 없는 오후의 고즈넉한 분위기와 경찰들의 긴장된 행동이 대조를 이루고 있었다. 공원 쪽에서 날아드는 비둘기들은 그런 긴장감을 깨버리듯 경찰들의 지척에서 한가로이 모이를 쪼고 있었다.

얼마의 시간이 지나자 302동 측면으로 사람들이 웅성거리며 몰려들었다. 경찰관 두 명이 건장한 한 청년의 팔을 각각 한쪽씩 끼고 나타났다.

마치 TV로 보았던 죄인을 속박한 것처럼. 남자는 붙들린

채 고개를 숙이고 억지로 걷고 있었고 간간히 속박에서 벗어나려고 움찔거렸다.

망원경을 꺼내 알 만한 사람인지 확인해 보았다. 일면식도 없는 낯선 사람이었다.

스포츠형 머리와 각진 얼굴 모습. 어깨가 벌어진 겉모습에서부터 음산한 분위기가 풍기는 남자였다. 계속 그 남자를 클로즈업해 보았다. 그의 움직임에 따라 망원경 속엔 낯익은 사람들이 스쳐 지나갔다.

여자의 일거수일투족을 자세히 말해주던 경비와, 중국식 음식을 배달해온 배달부, 그들도 그 자리에서 결박되어 끌려가는 사람을 따라가며 바라보고 있었다.

무슨 일일까? 생각하다 언뜻 스친 여자가 있었다. 분명 앞동 여자였다. 망원경을 내려놓고 밖의 분위기를 살펴보았다.

많은 사람들 틈에 흰옷을 입은 여자가 눈에 선명하게 들어왔다. 다시 망원경으로 클로즈업해 보았다.

긴 머리가 아무렇게나 흩어져있었다. 소리는 들리지 않지만 절규에 가까운 몸짓을 하고 있었다. 경비 하나가 부축하였고 여자는 끌려가는 남자에게 무슨 말인가를 하며 절규하였다.

끌려가며 고개를 돌려 한차례 바라보고는 경찰차에 올랐다. 그 모습에서 어머니 모습이 떠올랐다.

아버지를 앞에 놓고 절규하던 그 모습. 어떤 관계의 남자일까? 망연히 서서 경비들의 부추김을 받고 있는 여자를 바라보았다.

곧 붉은 경광등을 깜박이며 경찰차가 떠나고, 그 뒤로 몇 대의 승용차가 뒤따랐다. 여자가 그들이 떠나가는 것을 황망히 바라보다 경비들에 이끌려 302동 쪽으로 사라졌다.

고통스러워하던 여자의 모습이 머릿속에서 사라지지 않았다. 어둑해질 때까지 거실에 불을 켜지 않고 앞 동을 관찰해 보았다.

302동으로 사라진 뒤에도 그곳은 내내 인기척이 없었다. 어떻게 되었을까 하는 의문보다 남자와 여자의 관계가 어떤 것인가에 더 의문이 쌓였다.

오후까지 맑던 날씨가 저녁이 되면서 갑자가 어두워지기 시작했다. 소나기라도 한차례 내릴 것 같이 바람 한 점 없고 무더웠다. 해양성 기후는 늘 이랬다.

시간이 지남에 따라 하늘이 먹장구름으로 켜켜이 쌓여갔고, 갑갑했다. 더 이상 상자 속 같은 거실에서 머물러있기 싫어 TV를 끄려고 할 때 눈에 익은 화면이 들어왔다.

방금 전에 끌려갔던 남자였다. 폭력전과 20범, 조직폭력배 두목, 애인 집에서 검거. 갑작스럽게 마음 한구석에서 무언가가 쏟아져내렸다.

밖에선 긴장의 고삐를 조이는 번개가 불규칙한 백색 형광체를 그려내고 있었다.

밖으로 뛰쳐나갔다. '그래 시원스럽게 쏟아져 보렴' 혼잣말로 그렇게 중얼거리고 공원길로 향했다. 공원길엔 아무도 없었다.

모두들 중량 없는 소나기의 무게를 피한 것일까? 갑자기 참을 수 없는 웃음이 쏟아져 나왔다. 웃음소리가 헛헛헛하고 빗속에 틀어박혔다.

막 문을 내리려고 하는 공원 정상 근처의 간이 가게에서 소주 두 병을 샀다. 가게의 남자는 소주를 내어주며 하늘을 올려보고 소나기가 곧 올 것 같다는 표시를 했다.

"소나기가 오면 공원엔 사람들이 없죠."

"……"

가게 주인에게 먼저 말을 걸자 가게 주인은 동수의 모습을 위아래로 살피기만 했다.

"소나긴 자연 현상일 뿐인데 뭐가 무섭다고들 하는 건지……"

그 말을 던져놓고 정상 쪽으로 향했다.

오솔길을 돌 때 그 남자를 흘겨보니 그때까지 가게 주인은 그때까지 바라보고 서있었다.

한참을 걸어 참전기념탑까지가 탑 밑에 앉아 소주 뚜껑을 이빨로 깨물었다. 목울대를 쓸고 지나가는 소주는 뜨겁다 못해 시원하기까지 했다.

하늘에서 응어리가 빠지듯 한 방울씩 비가 떨어졌다. 이렇게 바람 한 점 없이 비만 내리는 일은 그리 흔치 않다고 생각하고 수직으로 떨어지는 빗방울을 올려다보았다.

검은 탑 위에 튕겨 떨어지는 빗방울이 얼굴을 간지럼 태우는가 싶더니 무수히 많은 물의 입자들이 떨어져 내렸다. 얼굴이 따가울 정도의 소나기였다.

병나발을 불고 있을 때 참전기념탑의 주인이라는 사람이 얼굴을 내밀며 말했다.

"같이 마십시다."

힘없는 목소리였다. 바닥에 내려놓은 소주병을 그에게 주었다. 그는 소주병을 받자마자 병나발을 불었다.

"고맙소."

그는 소주를 반병쯤 마시고 병을 내려놓으며 겨우 말했다.

"너무 수척해졌군요. 많이 안 좋아 보입니다."

병색이 완연해 보이는 그에게 말했다.

"이제 돌이킬 수 없게 되었소. 걷지 못할 정도로…… 저곳까지 갈 힘만 생긴다면 좋으련만……"

강 쪽을 바라보며 말했다.

"강까지요."

강을 바라보며 말했다.

"저 강에 내 아들을 보냈소. 이곳에서 이 탑을 저주했지만 이제 더 이상 이곳에 머물 의미도, 저주할 힘도 다 사라졌소. 아들에게서 용서를 받고 싶을 뿐이었는데…… 오늘 고맙소."

그렇게 말하고 나머지 술을 다 비우고 나서 비틀거리며 빗속으로 떠나갔다.

그가 떠나자 한동안 그 자리에 앉아 남아있는 소주를 다 비웠다. 그리고 그가 앉아있었던 자리로 가 보았다. 너절하게 있었던 집기들이 깨끗하게 정리되어 있었다.

어둑해질 때까지 그곳에 머문 뒤 공원을 내려왔다. 비 젖은 아스팔트 위를 촤악촤악하며 차량들이 빠르게 지나갔다. 소공원 옆을 지날 때 삐옹거리며 앰뷸런스가 지나갔고, 그 뒤를 승용차 몇 대가 따라갔다. 검은빛의 사이렌 소리가 한참 동안 여운을 남겼다.

빗물이 허옇게 번들거리는 골목으로 들어서자 사창가로 들어가는 골목길이 보였다.

아무 생각 없이 사창가로 들어서자 어둠 속에서 번뜩이는 눈초리들을 느낄 수 있었다.

존재를 의식하고 있는 사람이 있다는 것이 반가웠다. 갑작스럽게 여자가 달려들었다가 흠뻑 젖은 모습을 보고 뒤로 물러섰다.

좀 더 안으로 들어가 봐야겠다고 생각하고 터벅터벅 걸었다. 발걸음 소리가 습하게 사창가에 메아리쳤다.

"니미, 웬 물족재비가……"

달려들었던 여자가 등에 대고 말했다.

뒤를 돌아보자 여자가 움찔하며 섰다. 그냥 갈까 생각하다 뒤로 돌아서 여자에게로 향했다. 여자가 뒤로 물러서며 행동을 주시했다.

자기가 말한 것에 대한 실수를 생각했는지 모를 일이었지만 인간으로 인정한 것에 대한 감사하는 마음이었다.

"여기 존 년들 많아요."

두려움 섞인 말을 했다.

붉은빛의 쇼윈도 속에서는 표정 없는 창백한 모습을 한 여자들이 물끄러미 바라보고 있었다.

"그래요."

부드럽게 말하자 안심되었는지 작은 한숨을 몰아쉬었다.

"한번 들어와 봐요."

머뭇거리던 여자가 앞섰다.

따라 들어가니 붉은 등이 매달려있는 지하실이었다. 습기에 절어 붉은 등에 매달려있는 물방울이 간간이 떨어졌다.

긴 복도의 문 앞을 스칠 때마다 안에서 쏟아지는 교성이 축축한 지하실에 메아리쳤다.

"이 방에 들어가 조금만 기다려요."

조명을 받은 여자의 얼굴은 짙은 화장으로 나이를 숨기려한 것이 역력했다. 방안으로 들어가니 두 평 남짓한 방안엔 벽걸이 선풍기 하나가 달달거리며 힘겹게 돌아가고 있었다.

선반에 올려놓은 구두 뒷굽에서 물방울이 대롱대롱 맺혀있다가 이내 방바닥으로 떨어졌다. 누가 들어올지 상상했다.

한참이 지나도 들여다보는 사람이 없었다. 좁은 방안에서 그동안 자신의 주위에 있었던 여자들을 상상해 보았다. 머릿속에서 여자들이 한 사람씩 스쳐 지나갔다.

갑자기 옆방에서 들려오는 소리가 메아리치며 지하실 곳곳을 들쑤시고 다녔다.

"이 년아, 돈값은 해야 할 것 아냐."

"했으면 돈을 제대로 줘야지."

남자의 목소리가 들리자 바로 뒤에 앙칼진 여자의 음성이 벽을 타고 날아들었다. 조금 먼 곳에선 어디선가 유리병 깨지는 소리가 소름끼치듯 달려들었다.

자세를 고쳐 앉았다. 긴장을 풀어 보려고 벽에 대고 콧노래를 불러보았다. 남몰래 흐르는 눈물이었다. 목젖에서 흐물거리며 나오는 소리, 수진이가 긴 꼬리를 달고 펄럭이며 눈앞으로 다가왔다.

"똑 똑"

푸른 멍텅구리배

누군가의 인기척 때문에 소주 기운이 물씬한 얼굴로 달려드는 느낌이었다. 핏기 없는 여자가 물그릇을 들고 들어왔다.

여자의 능숙한, 피곤한, 색정적인 것들이 조화롭게 뭉쳐진 여자를 빤히 바라보았다.

"빨리 벗지 않고 뭐해요."

사무적이면서 신경질적인 목소리로 말했다.

"너부터 벗어봐."

그럴수록 힘 있게 말해야 한다고 생각하며 단호한 어조로 말했다. 여자가 한차례 노려보다가 시선이 예사롭지 않다는 것을 느꼈는지 일어서서 형광등 불을 끄고 대신 붉은색이 칠해진 둥근 전구를 켰다.

붉은 불빛이 핏기 없는 하얀 여자의 우윳빛 살갗을 더욱 붉게 물들였다.

웃옷을 다 벗고 아래옷을 벗기 시작했다. 탈탈거리는 선풍기 소리가 멈춰버린 것 같은 정적감. 여자가 팬티를 내리자 밤송이 같은 성기가 눈에 보였다. 밤송이 안쪽 가시엔 방금 전에 일을 치른 사내의 표시가 매달려 있었다.

뒷정리 때 썼던 휴지조각이 밤송이에 매달려 선풍기 바람에 더덩실 춤을 추고 있었지만 아무것도 모르고 빨리 하고 가라는 듯 옆자리에 반듯이 누웠다.

여자의 얼굴에서 빨리 일을 마치고 나가달라는 애원의 그

림자가 보이는 듯했다. 도저히 섹스를 한다는 건 무리다 싶어
일어나 앉았다.

"뭐 하는 거예요."

"……"

"이야기하고 싶은 거죠, 왜 이런 곳에 있느냐, 어쩌다 이곳
까지 오게 되었느냐는 둥 말예요."

여자는 뻔한 이야기로 귀찮게 하지 말라는 투로 말했다.

"너무 캄캄해."

일어섰다.

여자가 재빨리 일어서며 붙들었다.

"불을 켜면 되잖아요."

마치 어떤 물건을 흥정하는 장사치와 같이 애원하듯 말하
며 스위치를 올리자 깜박거리던 형광등이 환하게 실내를 들
추었다.

나신의 여자가 엉거주춤한 자세로 형광등 스위치 줄을 붙
들고 있는 꼴이 우습기도 했다.

여자의 아래를 바라보자 이상스런 감촉을 느꼈는지 시선이
밑으로 향했다. 깜짝 놀라는 표정으로 다리를 벌려 나풀거리
는 휴지조각을 떼어내고 겸연쩍은 표정을 하였다.

"다 그런 거 아뇨."

자기의 실수를 감추려고 더 당돌하게 나왔다. 여자의 말대

로 다 그렇다는 것이 맞을 것 같았다.

생각을 바꿔 섹스를 마치고 나가야겠다고 생각하고, 좋은 면을 생각해 보았지만 한번 식은 성기는 더 이상 일어서지 않았다. 여자가 성기를 세우려고 안간힘을 썼지만 허사였다.

"재수가 없으려니……"

문밖으로 나가며 탁하게 말했다.

자리에서 일어나 축축하게 젖어있는 옷을 주어입고 밖으로 나갔다. 언제 연락을 받았는지 밖에서 서성거리던 여자가 침을 뱉었다.

"시발, 그것도 좆이라고……"

사창가 골목을 빠져나오는 내내 뒷목이 근질거렸다.

아직도 소나기가 뿌옇게 내리고 있었다.

막상 그곳을 나오니 갈 곳이 없었다. 한참 동안 사창가 골목의 벽에 기대어 서서 담배를 피워 물고 낯선 도시에 던져진 자신을 생각해 보았다. 아무리 생각해도 도심에 기거하는 많은 사람들 중 자신을 반기는 사람은 아무도 없었다. 연기를 내뱉을 때마다 입에서 푸른 연기가 피어올랐다.

한참 동안 망설인 끝에 칸타빌레로 향했다. 그래도 얼마간 거추장스런 몸을 쉴 수 있는 공간이 그곳뿐이고, 사람으로 알아줄 그런 장소 역시 그곳뿐이다 라고 생각했다.

계단을 오르며 계단 숫자를 다시 세어보았다. 그녀가 나와 주었으면 하고 문을 밀쳤다.

소년과 주인 여자를 바라보기보다 커튼 안에 사람이 있는 지부터 바라보았다. 누군지 몰라도 분명 인기척이 있었다.

소년이 다가와 눈인사를 하고 와 있음을 암시해 주었다. 커튼을 밀치자 여자가 똑바로 바라보았다.

그녀의 눈가엔 이슬이 맺혀있었고, 얼굴의 얼룩으로 봐 오랫동안 혼자 울고 있었다는 것이 확실했다.

앞자리에 앉자 고개를 숙였다. 아무 말도 떠오르지 않았다. 커튼 자락을 잡고 있는 소년이 번갈아 바라보았다.

"뭐해요, 술잔 줘야지."

명령조였다.

"무슨 일 있어요."

시치미를 떼고 물어보았다.

"오늘은 비가 와서 그런지 슬프네요. 이런 날엔 랩소디 인 블루가 제격인데……"

"랩소디 인 블루……"

원했던 어둠의 색깔이 여자가 원하는 어둠의 색깔과 일치함을 느끼며 동질성을 확인했다.

하잘것없이 보이는 자신을 선택한 이유가 이런 함수관계에서였구나 하고 생각해 보았다.

소년이 잔을 가져다 놓으며 머뭇거렸다.

"맥주 좀 더 가져오고 음악 좀 바꿔줘요. 랩소디 인 블루로⋯⋯"

네.

소년이 씩씩하게 말했다.

습기가 빽빽하게 들어찬 공간에 재즈 음악이 쌓여갔다.

"오늘은 정말 취하고 싶어."

테이블에 넘쳐흐른 맥주로 그림을 그리며 말했다.

빈 술잔에 술을 가득 붓자 거품이 넘치며 다시 테이블 위로 슬금슬금 기어갔다.

뱀처럼 기어가는 맥주를 손끝으로 찍어 알 수 없는 그림을 계속해서 그렸다.

"소나기가 오랫동안 그치지 않네요."

목소리를 가다듬은 여자가 술잔을 들며 말했다.

"소나기를 원 없이 맞으니 시원하네요."

"어디에서 오는 길이죠."

"공원에도 있었고 밤들이 무르익어 있는 저쪽에도 갔었죠."

사창가 쪽을 가리키자 여자가 맥주를 마시다 말고 피식 웃었다.

"그래, 그쪽 여자들은 어떤가요."

"다 같은 거죠."

음악이 끝나자 소년이 반복해서 음악을 틀었다.

"이 눈은 중학교 때부터 이렇게 됐어요. 어머닌 병원에 가보라며 돈을 줬지만 난 그 돈을 학교 화장실에 버렸죠."

"왜요?"

"어머니에 대한 반항심이었죠……"

"지금도 어머니가 밉나요?"

"지금이야 뭐든 이해할 나이 아닙니까."

"다행입니다."

"다행이 아니지요, 사실은 지금 역시 이해할 수 없거든요, 어머니의 행동에 대해서 말이죠. 어머니는 무당이었어요, 무당 알죠. 무당……"

무당이라는 단어가 혐오스런지 강한 악센트를 주어 반복해서 말했다.

고개를 끄덕였다. 어머니가 무당이었다는 것으로 인해 한많은 이야기가 있을 것 같아서였다. 여자는 테이블 위에 있는 술잔을 들어 벌컥벌컥 들이켰다.

"철들 나이쯤 됐을 때야 아버지가 없다는 것을 알 수 있었죠. 어머닌 그 일에 대해선 함구했고, 언젠가 너도 이해할 거라는 말만 되풀이했어요. 그러나 그 이해의 끈을 지금도 풀지 못하고 있으니……"

술잔을 들고 음악에 취한 듯 눈을 감았다. 다리를 움직일 때마다 구두 속에 물이 절어있어 쩔꺽거렸다.

"어머니는 끝내 아버지가 누구인지 말하지 않았죠. 난 추측으로 아버지를 기억해냈어요. 며칠 걸러 찾아오는 그 남자 일 거라고……"

아버지에 대한 기억을 떠올리며 말했다.

"다른 사람들과는 사뭇 다른 특이한 얼굴, 얼굴의 전체 표정은 창백하고, 쾽하니 들어간 눈, 구레나룻이 유난히 발달한 턱, 윤기가 도는 검은 수염들, 수염이 검은 만큼 하얀 얼굴은 더욱 창백하게 보였고, 그 창백한 얼굴은 가끔씩 소름이 돋는 괴기영화속의 주인공 같이 클로즈업되었죠. 그 남자가 오면 어머니는 신당으로 들어가 한참 동안 나오지 않았어요."

불당에서 나오는 분노의 소리를 지금도 기억하고 있다며 몸을 부르르 떨었다. 더는 말하지 않으려고 담배를 피워 물었다.

"하하하, 우습죠. 지금에야 알 만한 소린데……"

냉소적인 웃음을 보내고 체념한 듯 맥주를 마셨다.

"그 사람은 한동안 소식이 뚝 끊겼죠. 그 후로 언젠가 어머니는 술을 몽땅 마시고 술주정을 부렸어요. 니 애비가 죽었다고 하면서요. 그땐 나이가 적어 무슨 뜻인지도 몰랐었지만 그 사람은 폐결핵에 걸린 사람이었어요. 어머니와 정분이 났었던 거죠. 하지만 그 남자가 내 아버지란 말은 그 이후로는 한 번도 말하지 않았죠. 죽을 때까지."

"지금도 아버질 모르고 있다는 겁니까?"

"하지만 그자가 아버지가 틀림없을 거라는 추측을 종종 하죠."

"이런 시간에 듣는 이 음악 어때요."

더 이상 자기에 대한 말을 하기 싫은지 말을 돌렸다.

"이 음악의 어떤 부분이 맘에 드는 건지."

"색깔이죠. 도시에 대한 색깔…… 내 색깔 같기도 하고."

색깔을 음미하듯 여자가 눈을 감았다.

"어둠의 색깔……"

그렇게 혼잣말을 하고 눈을 감고 있는 여자를 보며 생각하고 있을 어둠의 색깔을 상상해 보았다.

소나기 소리가 추악거렸다. 바람 한 점 없이 불어대던 좀 전과는 상황이 달라진 모양이었다.

자기의 과거를 더는 말하지 않으려 했다. 비바람 소리에 가끔씩 가슴이 조여 오는지 한숨을 크게 내쉬었다. 랩소디 인 블루…… 천연덕스러운 깊고 푸른 밤이었다.

누구도 감당 못할 칙칙하고 비린내가 한 움큼씩 풍기는 그런…… 더 이상 앉아있기 힘들었는지 자리에서 일어섰다.

"갑갑해 죽겠어요. 나가요."

"비가 올 텐데……"

더 이상 비를 맞는다는 것이 두려웠다. 낮에 있었던 일 때

푸른 멍텅구리배

문인지 얼굴이 다른 날과는 사뭇 다르게 보였다. 얼굴은 벌써부터 백색 형광체 모습을 띠고 있었다. 아주 소름끼치게……

가끔씩 번갯불에 여자의 옆모습이 환하게 들어왔다. 우수에 젖어있는 여자의 눈빛. 마음속엔 낮에 보았던 그 남자 생각으로 가득할 거라 생각했다.

일본 사람의 현지처로만 알고 있었던 지난날의 기억들이 잘못된 생각이었다는 것을 알고부터, 모든 것이 허탈하기까지 했다. 그동안 분노의 시간들이 빗물과 함께 녹아 내렸고, 미안한 마음이 들었다.

"오늘은 참 묘한 날이네요."

"……"

자신이 겪은 오늘에 대해 말하려 했다.

"사실 오늘의 순간을 기다려 왔던 것이 사실이기도 했지만, 이렇게 맞닥뜨려지니……"

빗소리 때문이기도 했지만 알아들을 수 없는 말을 했다. 이 순간 생각하고 있는 것이 무엇인가에 대하여 생각해 보았다.

낮에 보았던 남자에 대해 자신이 처해있는 현실적인 문제와 지난날의 비극적인 어머니와의 관계, 누군지 모르는 아버지에 대한 기억까지.

소공원 벤치에 앉았다. 옷이 비에 젖어 딱딱했다. 벌써 흠뻑 젖어있는 상태였다. 소나기가 가끔씩 따가울 정도로 얼굴을 때렸다.

"소나기를 이렇게 맞고 있으니 괜찮네요."

여자의 말이 소나기 소리 때문에 들리지 않았다. 고개를 숙이고 말하는 소리를 들으며 그대로 앉아있었다.

자신에 대한 이야기를 혼잣말처럼 쏟아냈다. 소나기 소리를 핑계 삼아 말하고 있는 자신의 응어리와 같은 이야기를 못들은 체했다.

너무도 퍼렇고 깊은 밤이었다. 이 밤엔 그간 주위를 따라다니던 죽음도 다 씻겨버릴 것 같았다.

언제부턴가 주변에 있었던 죽음은 공포의 대상이 아니었다. 처참한 몰골일수록 마지막은 더욱 아름답다는 생각이 지배하였다. 그것이 세상을 표현하고 갔다는 진실한 표현의 한 행동이었을 거라는……

술기운이 몸에서 빠져나가자 몸이 으스스 떨려왔다. 주황색 가로등과 퍼런 하늘. 번들거리는 빗물. 깊은 검은색……

"지금 어떤 생각을 하세요."

큰소리로 말했다.

몸에 한기가 들어 대꾸할 수 없었다.

"어·떤·생·각·이·냐·구·요."

한마디씩 또박또박 띄어 말했다.

"너무 추워요."

겨우 그렇게 말하고 고개를 숙였다. 뒷머리에 장대 같은 소나기가 따끔하게 내려 박혔다.

"그렇게 속으로만 울고 있지 말고 소리쳐 울어봐요."

큰소리로 소리치듯 말하고 콧노래로 랩소디 인 블루를 흥얼거리며 번들거리는 도시를 바라보고 있었다.

바람이 세차게 불며 나무를 흔들어댔다. 그 소리는 언젠가 들었던 기억의 소리였다. 소나기 소리 같은, 고향집 대숲에서 들리던 그 소리……

"바람이 가슴속을 후련하게 하는군요."

다시 말하기 시작했다.

"아무리 이렇게 아우성치지만 그 끝은 항상 부드럽지요. 바람의 그림을 그리려고 우습게도 그림 잘 그리는 화가를 찾아갔었어요. 터치의 기술을 알 때쯤 그 화가는 마음속으로 그려야 한다더군요. 고호의 삼나무가 서있는 모습을 상상하라며……"

이정표 모를 바람의 길을 상상해 보았다. 보이진 않지만 어디론지 항상 떠도는. 어쩌면 바람의 방향처럼 자신이 간직하고 있는 모든 문제들이 영원히 떠돌지 모른다고 생각했다.

대꾸를 하지 않자 바짝 다가앉았다. 다가오자 온몸이 한차례 부르르 떨렸다.

"생명은 참 웃기는 것이지, 어머니야 그렇다고 치고, 아버진 또 뭐야. 하하하하……"

계속하여 마음속에 있는 자신의 이야기를 한 타래씩 털어
내고 있었다.

마치 누에고치가 실을 뽑아내듯. 장미꽃 줄기에서 섬뜩하
게 생긴 가시와 같은 자학의 현실을 들여다보며 자신의 문제
들을 생각해 보았다. 생을 몽땅 빼앗아간 그 학생의 어머니가
두꺼비 상을 하고 소나기 속을 달려오는 것 같았다.

"겨우 대학교에 갔는데 남자를 만난 것이 잘못됐지."

남자의 일을 상세히 말하기 시작했다. 남자는 조직폭력배
이고, 나이는 자신보다 다섯 살이나 위라는 것과 차츰 사랑보
다는 자신을 망쳐버릴 증오심이 더했다는, 그리고 오랜만에
찾아온 그를 오늘 경찰이 자신의 집을 급습해 잡아갔다는 사
실까지. 끝까지 그 사실을 알지 못하고 있는 것처럼 시치미를
뗐다.

한동안 자기의 처지를 이야기하다 깊은 한숨과 함께 고개
를 숙였다. 비바람이 온 도시를 삼켜버린 듯했다.

"그래. 당신은 왜 이런 모습이요."

한동안 고개를 숙이고 있다 고개를 들으며 말했다.

그 말에 초라한 자신의 모습을 상상했다.

사람들이 피해 얼굴을 찡그리며 지나가던 모습들이 눈에
선하게 보였다. 자신의 모습을 추하다고 생각하는 것일까?

또 앓고 있는 병을 알고 있는 것일까?

"왜, 말이 없어요."

얼굴을 똑바로 바라볼 용기가 없어 깊은 한숨만 한차례 내쉬었다. 새벽녘이 되자 더욱 한기가 들었고, 한차례 바람이 불자 으스스 몸이 떨려왔다.

끝까지 말을 하지 않자 수다스럽게 계속해서 자기 말을 늘어놓았다. 한참 동안 혼자 떠들어대다 갑자기 말을 멈추었다. 새벽한기 때문에 온몸이 자꾸 움츠려들었다.

"날이 새려는가 봐요."

자리에서 일어서며 말했다.

"더 이상 못 참겠어요."

서있는 여자를 올려보며 말했다.

참을 수 없는 한기였다. 일어서자 어제 저녁부터 맞은 비 때문에 축축한 옷이 빳빳하여 움직이기조차 힘들었다. 입에서는 이가 서로 마주치며 딱따구리 소리를 냈다.

"남자가 뭐 그리 약해요."

"어디를 가려고……"

떨리는 음성이었다. 이렇게 있다간 감기몸살이라도 걸릴 것 같은 기분이었다.

일어서서 강변 쪽으로 향했다. 할 수 없이 따라갔다. 선창의 안벽 끝에 설치되어 있는 무쇠로 된 검은색 앵커에 앉아

강을 내려다보았다. 어둠 속에서도 하얀 강물이 빠르게 흘러가는 것이 보였다.

"하얀 어둠, 난 이런 하얀 어둠이 살을 도려내는 것 같은 느낌이 들지. 이 어둠을 바라보고 있으면 항상 그래."

뿌옇게 흘러 내려가는 강물을 보고 말했다. 추위 때문에 아무런 감정도 없었고, 여자만 바라보았다. 작은 바람에 머리카락이 전갈의 촉수처럼 다가와 볼을 만졌다.

"내가 죽으면 내 모든 것이 이 강물처럼 어디론지 흘러가겠지. 미움도, 원망도 다 삼켜버리고 말이야. 그땐 아버지가 누군지 어머니가 그래야만 했던 필연적인 이유들을 알 필요가 없겠고, 이 강물이 그래서 마음에 꼭 들어. 하얀색이 아니고 뿌연 색조. 그 깊이를 알 수 없어서……"

혼자 들릴 듯 말 듯한 소리로 중얼거리고 자리에서 일어섰다. 일없이 쭈그리고 앉아 행동만 지켜보았다.

잠시 동안 생각에 잠겨있던 여자가 조약돌을 주워 강으로 던졌다. 어둠 속 어디론가 날아간 돌이 풍덩하고 소리를 냈다.

그 소리를 듣고 고개를 들자 어판장 쪽에서 한 사람이 절컥대며 걸어오고 있는 것이 보였다.

빗소리 속에서도 그 소리는 차츰 선명하게 들렸다. 추위에 떨며 그 사람을 바라보았다. 가까이 다가오자 무서운지 옆으

푸른 멍텅구리배

로 바짝 다가앉았다.

"이 새벽에 웬 사람이야."

숨을 죽여 말했다.

더욱 가까이오자 익숙한 모습처럼 다가왔다. 벙거지 모자를 눌러 쓴 사람이었다. 남자는 앉아있는 것을 보지 못했는지 계속해서 힘겹게 다가왔다.

더욱 몸을 움츠러들며 파고들었지만 계속 그 사람만 응시했다. 이윽고 그 사람은 앉아있는 곳에서 십여 미터로 접근하다 제자리에서서 강물을 바라보았다.

숨을 죽였다. 그때였다. 잠시 망설이는 듯하던 그 사람은 강물에 몸을 던졌다. 순식간에 일어난 일이었다.

깜짝 놀라며 일어났고 곧 그 사람이 떠내려 오는 것을 보았다. 어떻게 할 수 없었다.

세찬 물길이라 들어갈 수도 없었다. 몸이 물속으로 들어가 보이지 않던 그 사람이 앞에서 한번 얼굴을 보였다. 언뜻 스치는 사람의 얼굴. 그 사람은 참전기념탑의 주인이었다.

물길을 따라 걸어가며 그 사람이 나오기를 기다렸다. 하지만 한번 물속으로 들어간 그 사람은 끝내 보이지 않았다. 어둠 속에서 물소리만 주변의 모든 것을 삼킬 듯 더더욱 세차게 들려왔다.

강하게만 느껴졌던 여자는 떨고 있었다. 여자를 안아주며 다시 무쇠로 된 앵커 위에 앉았다.

둘은 한동안 말이 없었다. 여자에게 자기가 알고 있는 사람이라고 말하지 않았다. 한동안 그렇게 앉아있던 여자가 말했다.

"이젠 가야지. 날이 새기 전에……"

얼굴을 똑바로 바라보았다. 눈길을 피해 도심의 불빛이 흔들거리는 강물을 바라보았다.

갈 곳이 기다리고 있을지 모르지만 이 낯선 도시에서 갈 곳이 없었다.

"오늘부터는 아주 편해. 우리집으로 갈까?"

처지를 알고 있는지 그렇게 말했다.

그렇게 말을 던져놓고 앞서 걸었다. 자리에서 일어서 앞서 가는 여자를 뒤따라갔다. 질척거리는 발소리가 선창가에 아우성치고 있었다.

22

여자가 살고 있는 아파트로 향했다. 경비가 경비실에서 깜짝 놀라 바라보았다. 그런 경비의 행동에 신경을 쓰지 않았다. 행동을 살피며 따라 들어갔다.

여자의 집에서 눈을 뜬 것은 오후 두 시가 다 되어서였다. 여자는 그때까지 잠에 취해있었다.

머리가 어지럽고 목이 부어 목에 보리 이삭이 걸린 것 같이 껄끄러웠다. 지독한 감기가 분명했다. 한기 때문에 두꺼운 이불을 덮었지만 소용없는 일이었다.

천장의 벽지에 그려진 네모 모양의 그림을 바라보다 그림을 생각해냈다. 주위를 둘러보니 망원경으로 보아왔던 낯익은 캔버스가 벽에 기대어 있었다.

겨우 일어나 캔버스를 향해 걸음을 옮겼다. 방바닥이 지진이 일어난 것처럼 움직였다. 현기증이었다.

겨우 캔버스가 있는 벽으로 다가가 캔버스를 들춰보았다. 엽기적인 그림에 놀라 움츠리자 캔버스가 그림을 내밀고 방바닥에 누었다.

그 자리에 서서 한동안 그림을 바라보았다. 물감을 짓이겨 놓은 것 같은 그림은 뭉크가 그린 절규가 연상되었다.

푸른색으로 단장된 실내에 쭈그리고 앉아있는 한 사람. 왜 이런 그림을 그리고 있었던 걸까? 문을 열고 거실로 나왔다.

치장이 없는 거실에 햇빛이 환하게 비추고 있어 그 거실은 너무도 넓어 보였고, 황망한 벌판 같다는 생각이 들었다.

문득 자기가 살고 있는 집 쪽을 바라보았다. 훤히 들여다보이는 사각 상자 같은 푸른 실내가 눈에 들어왔다. 깊고 푸른 모습이었다.

그 모습은 매번 꿈에 보았던 푸른 형광체를 꼬리에 단 반딧불이로 꽉 채워진 느낌이었다.

무엇에 홀린 사람처럼 방으로 뛰어들어가 방바닥에 누워있는 그림을 다시 바라보았다.

한참 동안 망연히 바라보다 다시 거실로 나와 앞 동을 바라보았다. 수천 마리의 반딧불이 꿈틀거리며 속삭이고 있었다.

그 소리들은 차츰 귀청이 터지도록 커졌다. 그 소리를 들으며 그 자리에서 꼬꾸라지고 말았다.

현기증에 눈앞이 캄캄했다. 그림 속의 인물이 반딧불이 속에 묻혀 아우성치고 있었다.

여자에게 말을 하지 않고 밖으로 나왔다. 아파트 정문에 이르자 경비실에서 앉아있던 경비가 묘한 웃음을 지으며 바라보고 있었다.

아무렇지도 않게 밖으로 나오니 아파트 건너편에 있던 고물집이 화마로 완전 붕괴된 채 전쟁의 포화로 인한 상처처럼 헝클어져 있었다.

적산가옥 쪽으로 발길을 돌렸다. 그동안 그 일본인에게 속았다 생각하고 그 일본인에게 속인 것이 무엇 때문인지 알고 싶어서였다.

적산가옥에 도착하자 상여가 대문 앞에 놓여있었다. 노인의 아들로 보이는 남자가 사진을 들고 서 있었는데 그 사진 속에는 노인이 웃고 있었다.

죽을 것을 알고 마지막으로 자기의 성을 견고하게 쌓았구나 생각하며 사진 속의 노인을 뚫어져라 바라보았다.

"누구신지요?"

사진을 들고 있는 상주로 보이는 사람이 바라보았다.

"저분을 잘 아는 사람입니다. 어떻게 돌아가셨습니까?"

아는 사람이라고 말하면 어떻게 아는 사람인지는 알아볼 이유가 없다 생각하여 그렇게 말했다.

"병이 있었는데 갑자기 돌아가셨습니다."

그 말을 한 상주는 슬픈 표정을 하였다.

"그래요. 저는 몰랐습니다."

그렇게 말하고 서둘러 그곳을 떠났다.

적산가옥의 그 일본인을 영영 만나지 못할 거라는 생각에 아쉽기는 했지만 노인이 말을 듣지 않고 적산가옥을 보수하여 그렇게 되었다고 생각하며 공원으로 올라갔다.

공원으로 올라가는 발걸음은 무거웠다. 파월기념탑의 주인 행세를 하던 그 사람이 이미 떠나갔기 때문이기도 했다.

일본인 현지처로만 알았던 여자의 남자가 조직폭력배였다는 것을 안 후 그곳에서 불러올 사람도 없었다.

석탑이 있는 곳으로 가 늘 앉아 있곤 하던 돌무더기로 갔다. 그곳에서 눈을 감고 주변에 있는 사람을 불러 보았다. 맨 먼저 일본 사람이 나타났다.

"왜 그렇게 쳐다보고 있소?"

일본인은 다짜고짜 말했다.

"당신은 누구요? 지금까지 나를 이렇게 속이고도 그 말이 나와요."

"허허허허……"

그 말을 하자 일본인은 크게 웃었다.

"왜 그렇게 웃소. 내가 잘못 말했소."

일본인을 바라보고 화가 나 말했다.

"허허허허……"

일본인은 더 크게 웃었다.

"난 당신을 이제 부르지 않겠소. 내 주위에서 꺼져버렸으면 좋겠소."

"당신이 불러서 이렇게 온 거 아니오."

그 일본인이 더 화를 냈다.

"이제부터 당신과는 말을 하지 않을 것이오. 내 주위에 나타나지 마시오."

"허허허허……"

일본인은 화가 나도록 웃기만 하였다.

앉아있는 돌무더기를 들어 일본인 얼굴에 던져버리고 그곳을 내려왔다.

아무도 없을 파월기념탑으로 갔다.

둘러보아도 누더기를 걸쳐 입은 그 사람은 보이지 않았다. 자기가 이 탑의 주인이라고 말하던 그 사람이 늘 누워있던 자리엔 아무것도 남아있지 않았다. 분명 그가 떠나려고 주변을 말끔히 정리했다고 생각했다.

그곳에 앉아 누더기를 걸친 사람을 불러내려고 해도 나오지 않았다. 파월기념탑의 주인이 말했던 자식을 보낸 물속이라 나오지 않는 거라고 생각하고 그곳을 내려왔다.

낮에 창고가 있던 공원을 찾아본 일이 언젠가 생각하다가 그리로 향했다. 그곳에는 아무렇지 않게 흩어져있는 쓰레기가 약한 바람에 굴러 다녔다. 역시 연탄 창고가 있던 자리라 이런 쓰레기가 있다고 단정하고 다시 헌혈의 집 쪽으로 발길을 돌렸다.

햇볕이 누워 따갑게 목덜미를 쏘아붙였다. 영동으로 들어서자 무더운 날씨 때문인지 사람이 없었다. 모두 더위를 피해 실내에서 시원한 에어컨 바람을 쐬고 있을 것이라 생각하며 헌혈의 집으로 올라갔다.

간호사 2명과 남자 한 명이 이야기를 하고 있다가 반갑게 맞아 주었다. 늘 했던 대로 피를 뽑을 침대로 향하며 간호대 학생에게 외투를 벗어 건넸다.

"오늘은 좀 많이 뽑았으면 하는데 그게 얼마나 되는지."

간호 학생에게 말하자 말뜻을 못 알아들은 학생이 남자를 바라보았다.

"500CC가 정량입니다. 더는 허락할 수 없죠. 위험해질 수 있으니까요."

남자가 다가와 바라보았다.

"오늘은 피를 전부 뽑아버리고 싶은 날입니다. 될 수 있는 한 많이 뽑아 주세요."

"그렇게 할 수는 없습니다. 저희도 규정에 따라 헌혈을 하는 것이니까요."

그 말을 한 남자는 이상한 듯 자꾸만 바라보았다.

침대에 올라가 팔을 내밀었다. 곧 따끔한 느낌과 함께 간호사의 감미로운 소리가 들렸다.

"좀 따끔할 겁니다."

늘 그 한마디였다.

눈을 감았다. 퍼런 불꽃이 서서히 눈앞으로 다가오고 있었다. 움직이지 않고 지나간 세월을 하나하나 떠올리며 잠이 들었다.

사무적인 헌혈의 집 사람들의 조합, 눈을 뜨자 어김없이 남자는 헌혈증서를 가져와 내밀었다. 헌혈증서를 받아들고 계단을 내려오자 현기증이 일었다. 한동안 손잡이를 잡고 그 자리에 서 있었다.

머릿속에서 떠오르는 것이 있었다. 부처가 혼자서 지키고 앉아있는 치심암이었다. 혹시 치심암의 부처는 인간의 모든 일을 관장하고 있을 것 같아서였다. 비틀거리며 도심을 가로질러 공원으로 향했다. 공원길엔 사람들이 없었다. 길에서 조금 비켜서있는 고탑 앞에 쭈그리고 앉아 주위에서 일어났던 일들을 하나하나 떠올려 보았다. 마치 스크린의 한 장면처럼 오버랩되다가 눈앞에서 사라졌다.

천천히 대나무밭으로 걸어 들어갔다. 바람이 한 점 없던 날씨가 기다리고 있었다는 듯 바람이 불기 시작했다. 대나무밭의 푸른 파도가 아우성쳤다. 안으로 깊이 들어갈수록 파도의 굴곡은 더욱 깊어졌다. 멀리서 치심암의 지붕이 푸른 파도 속에서 언뜻언뜻 보였다.

치심암으로 들어가자 어김없이 어릿광대들이 부처를 가운데 두고 조롱하고 있었다. 조롱하는 어릿광대들 속에서도 부처는 미소를 잃지 않고 그대로 앉아있었다.

"이놈들아 그만 놀려!"

크게 소리치자 이리저리 움직이던 어릿광대들이 꼼짝하지 않고 그대로 서서 바라다보았다.

그것도 잠시였다. 어릿광대 한 사람이 아무렇지 않다는 듯 다시 낄낄대자 모두 자기 배를 부여잡고 더욱 크게 낄낄거렸다. 넓은 바다의 작은 바다에서 꼼짝하지 못하고 들어앉아있는 멍텅구리배처럼 치심암이 출렁거렸다.

어릿광대들을 밀쳐내며 부처에서 떼어내려고 실랑이를 버리자 어릿광대 한 사람이 부처를 연좌에서 밀어버렸다. 부처는 바닥에 아무런 저항도 없이 굴러떨어졌다. 부처가 바닥으로 떨어지며 약한 부위인 목이 부러졌다. 부러진 머리가 바닥을 구르며 크게 웃었다.

푸른 멍텅구리배

저항 없이 목이 떨어져 나간 부처를 보자 주변에서 일어났던 일들이 떠올랐다. 자기의 살점을 바람에 갈고 있던 파월전적비의 주인이라던 노인과 술과 그림으로 자기의 과오를 정리하고 있던 간호사였던 앞집 여자 새벽 인력시장의 군상들 고물장수 아주머니의 허망한 표정 명순이의 위선과 헌혈의 집의 일관된 행동까지 무엇이 인간의 마음을 치료한단 말인가? 의문을 품으며 치심암을 막 빠져나갈 때였다. 갑자기 천둥소리가 들려 뒤를 돌아보니 서까래 하나가 천장에서 떨어졌다. 그 때문에 천장에 구멍이 뚫려 푸른 하늘이 보였다. 마치 부처가 지붕을 떠받치고 있었던 것처럼.

뚫린 곳으로 하늘을 바라보니 마치 미지의 세계와 소통하는 공간처럼 느껴졌다. 그곳에서 햇빛이 치심암의 내부로 쏟아져 들어와 바닥에 널브러져 있는 부처의 머리를 비추고 있었다.

석유포 어느 절벽 끝에 서서 바다를 바라보고 있었다. 자연의 오묘함과 수려한 풍경 오랜만에 느껴보는 여유였다. 그때였다. 옆에서 X가 찾아와 슬픈 목소리로 말했다.

"선생님 저는 언제 이 족쇄에서 풀려날 수 있어요."

X의 눈동자를 바라보니 슬펐지만 진지했다.

절벽 끝에 있어 먼저 겁부터 났다.

"저기 벤치로 가지."

대답을 어떻게 해줘야 하나? 벤치로 가는 짧은 거리였지만 X의 삶이 영화의 한 장면처럼 펼쳐졌다.

"왜? 친구들과 뜻이 맞지 않아서?"

조금은 단순하게 그 말부터 하였다.

"아뇨 나이가 삼십이 넘었고 친구들은 결혼도 하고 아이도 있어요. 동생도 그렇고요."

이건 쉽게 설명할 일이 아니었다.

어떤 말을 해 줘야 하는 걸까? 머뭇거렸다. 마땅한 정답도 떠오르지 않았다.

변명처럼 말했다.

"조금 기다려 봅시다. 의술이 발전하고 있으니."

"네."

그게 전부였다.

X가 떠나고 한동안 그곳에 앉아 바보가 돼있는 나를 책망하였다.

그 후로 나는 이들의 삶속에 족쇄가 되어 묻혀 살게 되었다. 마치 혼자서 움직이지 못하는 멍텅구리배가 된 것처럼.

세월이 많이 지난 오늘도 군산 앞바다에는 슬프도록 푸른 멍텅구리배가 떠있다. 누군가 손을 잡아 이끌어주기를 기다리며.

푸른 멍텅구리배

1쇄 발행일 | 2020년 06월 30일

지은이 | 윤규열
펴낸이 | 정화숙
펴낸곳 | 개미

출판등록 | 제313 – 2001 – 61호 1992. 2. 18
주소 | (04175) 서울시 마포구 마포대로 12, B-108호(마포동, 한신빌딩)
전화 | (02)704 – 2546
팩스 | (02)714 – 2365
E-mail | lily12140@hanmail.net

ⓒ 윤규열, 2020
ISBN 979 – 11 – 90168 – 13 – 7 03810

값 15,000원